因为尽情 所以伤心

纳兰容若传

晓梦 著

花山文艺出版社

图书在版编目（CIP）数据

因为尽情，所以伤心 ：纳兰容若传 / 晓梦著 . --石家庄 ：花山文艺出版社，2020.7
ISBN 978-7-5511-3555-9

Ⅰ. ①因… Ⅱ. ①晓… Ⅲ. ①传记文学－中国－当代 Ⅳ. ① I25

中国版本图书馆 CIP 数据核字（2020）第 043350 号

书　　名：因为尽情，所以伤心：纳兰容若传
YINWEI JINQING SUOYI SHANGXIN NALANRONGRUO ZHUAN
著　　者：晓　梦

责任编辑：林艳辉
责任校对：梁东方
美术编辑：胡彤亮
出版发行：花山文艺出版社（邮政编码：050061）
（河北省石家庄市友谊北大街 330 号）
销售热线：0311-88643221/29/31/32/26
传　　真：0311-88643225
印　　刷：大厂回族自治县德诚印务有限公司
经　　销：新华书店
开　　本：620×889　1/16
印　　张：17
字　　数：200 千字
版　　次：2020 年 7 月第 1 版
2020 年 7 月第 1 次印刷
书　　号：ISBN 978-7-5511-3555-9
定　　价：49.00 元

「自　序」

我是人间惆怅客

谢天谢地，我还活着，而且会活得越来越好。这个“我”是指我自己——本书作者郭晓燕，笔名晓梦。为什么要这样说呢？这绝对不是耸人听闻。耐心一点儿，最终你会知道答案。

其实从大家都明白的意义上来说，纳兰容若也还活着。

人生若只如初见，何事秋风悲画扇？
等闲变却故人心，却道故人心易变。

仿佛被施了魔法，这些清丽哀婉的文字会自己穿越时空，四处飞行。

二十一世纪的中国，清代才子纳兰容若的诗词，不知不觉飞落在千千万万人的眉间、心上。

与此同时，却有一件令人费解的事情。虽然市面上有不少以“纳兰词”为主题的纳兰容若词传，然而纳兰容若的人物传记却并不多见，即使偶尔看到，质量大抵不过尔尔，随意编造之处甚多。估计是因为容若生前留存的历史资料太少。中国社会科学院研究员刘德鸿先生写的《清初学人第一——纳兰性德研究》（1997 年出版）算是权威读本，在旧书网上这本书卖价逾千元，几十元一本的复印本也有不少人订购。可见人们非常渴望了解一个尽可能真实的纳兰容若。

我广泛搜集整理资料，加上自己的思考和判断，立志写一本侧重文学和心理学视角的《纳兰容若传》。纳兰容若的一生仅短短 31 载，更兼长期担任御前侍卫一职并不遂他本人心意。因而除了纳兰词，介绍容若本人生平的存世资料确实比较少，幸亏其父纳兰明珠曾经权倾朝野，又多了一些线索。总之我已尽力而为，翻遍相关史料，尽可能还原一个真实的纳兰容若。

我有一个梦想：真心希望这是迄今为止大家所能读到的最好的一本《纳兰容若传》。

多情如幻，哀感蚀骨，艳绝人寰，这是人们对旷世奇才纳兰容若及其词作的统合感觉。有人特意做过统计，在容若现存的三百多首词中，“愁”字出现过九十次，“泪”字用了六十五次，“恨”字被使用三十九次，其他如“断肠”“伤心”“凄凉”“惆怅”等字眼儿，也触目即是。

人们禁不住要问，出自将相门第被称为“大清第一才子”的纳兰容若，究竟为何如此多情、如此伤感？他的生命中经历了怎样的起落沉浮？他的内心究竟埋藏着多少不为人知的秘密？

其实对于纳兰容若的死因，我已经逐渐形成一个颠覆性的判断。请容我在本书“而今才道当时错”一章中道出原委。

这一刻，让我们一起来穿越一段旖旎的时空之旅。

先从四大名著之首的《红楼梦》说起。

《红楼梦》又名《石头记》，起初只有前八十回，因为有刻意影射大清朝盛极而衰、子弟一代不如一代之嫌，所以在当时被列为禁书，却在民间暗暗流传，风靡一时，大有洛阳纸贵之势，一时之间，坊间热议《石头记》。

大官僚和珅看过之后，为了讨好乾隆帝，于是请满腹经纶的学者高鹗续写完后面的四十回，再进呈给乾隆。乾隆读后喟然长叹，掩卷沉默良久随即说：“此盖为明珠家事作也。”

大家知道，纳兰明珠，即纳兰容若的父亲，曾为乾隆之祖父康熙一朝之宰相，可谓是说起康熙朝无法绕过的举足轻重的人物。

也就是说，一代君王乾隆皇帝认为，纳兰容若即是《红楼梦》中男主角贾宝玉之原型。

我们试做比较：贾宝玉与纳兰容若最相似之处在于，两者都是富贵门第公子，都善诗文，也都是容易伤感的痴情人。在小说中，贾宝玉与表妹林黛玉相亲相爱却没能终成眷属；历史中，纳兰容若也和被选入皇宫成为妃子的表妹劳燕分飞。

纳兰容若和贾宝玉，一个是真实的历史人物，一个是虚构的文字幻影；一个在真实残酷的红尘俗世中以清丽、哀伤的词作名垂青史，一个在满纸烟霞中经历繁华富贵、儿女情长，却最终看破红尘遁入空门。但他们都令人生出感叹：公子为何如此多愁多情？

来看看作者曹雪芹在《红楼梦》第二回“贾夫人仙逝扬州城，冷子兴演说荣国府”中借贾雨村之口所说的一段话：

清明灵秀之气所秉者，上至朝廷，下及草野，比比皆是……故其气亦必赋人，发泄一尽始散，使男女偶秉此气而生者……若生于公侯富贵之家，则为情痴情种；若生于诗书清贫之族，则为逸士高人；纵再偶生于薄祚寒门，断不能为走卒健仆，甘遭庸人驱制驾驭，必为奇优名倡。

这段话中，曹雪芹认为男子多情是因为天生清明灵秀，且生于公侯富贵之家。

曹雪芹的祖父曹寅，曾在康熙皇帝的銮仪殿当差，和时任御前侍卫的纳兰容若交往甚多，两人都是大儒徐乾学的弟子，既为同事，又是文友，彼此志同道合，难免惺惺相惜。曹寅后来曾经写过这么一句诗：“家家争唱饮水词，纳兰心事几曾知？”曹寅既然这么写，那么说明他自己是知晓纳兰心事的。

由此看来，乾隆皇帝认定纳兰容若是贾宝玉的原型——至少是原型之一，完全是有根据的。作为曹寅的嫡孙，曹雪芹完全有可能从长辈那里听说纳兰容若的传奇故事。

纳兰容若，生于顺治十一年腊月十二日（1655年1月19日），卒于康熙二十四年五月三十日（1685年7月1日），三十一载寒暑，他的一生短暂而绚丽，有如流星划过苍穹。这个被称为“千古伤心词人”的相门翩翩公子，能文能武，内心柔软，极为重情。令人感叹的是，他生命中三段极为重要的感情——和表妹倾心相恋，却只能生别离；与妻子卢氏情深意笃，而妻子却早早辞世；和江南才女沈宛彼此爱慕，却为纳兰家族不容，最终劳燕分飞。总之，多情的容若非常看重的三段感情都没能善终，屡屡和心爱的人生离死别，这样的痛苦惆怅，非有过亲身体验的人不能懂得。

生命中的许多悲情时刻，纳兰容若无法释怀。作为康熙皇帝身边亲近的侍卫，他异常忙碌辛苦，少有自由，偶尔得闲，只有诗词能带给他些许寄托和安慰。纳兰容若锦心绣口，诗词字字珠玑，感人至深，赢得万人传唱，名噪一时。

据说纳兰明珠读到儿子的一首词时，忍不住老泪纵横。这首词是这样的：

浣溪沙

残雪凝辉冷画屏，
落梅横笛已三更，
更无人处月胧明。

我是人间惆怅客，
知君何事泪纵横，
断肠声里忆平生。

这首词遣词造句风格清新，明白如话；有些句子的文字组合独此一家，前无古人；更兼调动了视觉、听觉，情景交融，“惆怅”“断肠”之类的词语如同利剑，直指人心。

据说明珠读后怆然涕下，哽咽不能自已，沉默良久方才叹息着说：“这孩子，他什么都有，想要什么都可以有，怎么就这么不快乐！”

只能说，明珠啊，你虽然腹有良谋、贵为宰相；你虽然一人之下，万人之上，可你真的不懂自己的孩子。

好一句“我是人间惆怅客”！

几年以前，已经记不起确切的日子，总之，正是那时无意中读到这一句，让我爱上了纳兰词。

这些年来，我偏爱现代诗歌，也喜读古典诗词，曾经一度以“我是人间惆怅客”为昵称，在网络的虚拟世界里与网友、诗人们酬唱，持续了大约一年的时间。后来好像是论坛消失，这个昵称也就不了了之。

其实我一直在思考这个现象，为什么有的人会特别的多情、重情，甚至痴情？为什么有的人容易伤感、惆怅甚至痛不欲生？

我也是一个多情人，以“湘女多情”为荣；我也曾经多愁善感，常常会没有缘由地情绪低落，甚至莫名其妙就会忍不住要大哭一场方能抑止悲情。不过，随着时光缓缓流逝，加上连续多年刻苦研修心理学，我渐渐疗愈了自己，已经能够自如地控制和调整自己过于起伏的情绪。

我逐渐了解为什么有的人会格外多情，格外容易伤感。

根据心理学精神分析学派的观点，一个天资聪颖而感情敏感的人，如果在生命早期没有得到足够的爱与关怀，他会用一生的时间去寻找、去追逐，直到让自己获得弥补，得到救赎。若身为男人，他会竭尽全力去寻找一个像母亲一般疼爱他、关心他的女人；而若为女人，她会耗尽所有去寻找一位精神父亲，直至找到为止。此所谓“恋父情结”“恋母情结”。如果一直找不到，他们内心就如同形成了一个黑洞，一直无法填满，他们的一生会一直心事飘零，郁郁寡欢。除非他们能够自我觉察，并设法获得完整的精神成长。

在这些容易伤心失意的人眼里，世间无论多少荣华富贵，都微不足道，都是过眼云烟，因为那不是他们真正想要的东西。他们“上穷碧落下黄泉”，苦苦寻找的，是一段倾其所有的爱情，期望得到一种无条件的宠爱。其实这哪里只是爱情呢？他们渴求的，是生命早年缺乏的，而在成年之后又将之化了妆的亲情。但这样的寻找非常难以如愿，需要很大的运气。想想看，世间会有几人肯如亲生父母般爱你？纵然有这样的人，时空渺渺，你们又如何能够在恰好的时间将彼此找到？所以世间多有伤心人。

纳兰容若就是如此。即使文武双全，精诗文、善骑射，即便出生在烈火烹油、鲜花着锦的富贵之家，且赢得康熙皇帝的赏识，但由于成长岁月里一些无法补足的缺失，加上命运多舛，让他即使看起来非常富足，却依然伤心、伤感、伤情，一不小心，就罹患寒疾，英年早逝，魂断天涯。

正如纳兰容若自己写的词，“我是人间惆怅客”“不是人间富贵花”。

从崇文尚武的翩翩少年，到温雅多情的成熟男子；从紧随康熙皇帝四处巡视的御前侍卫，到以京师侍卫身份深入唆龙侦查，容我细细解读纳兰容若的一生，娓娓讲述一段原本是花柳繁华，却不料总被风吹雨打的烟云往事。

这段往事会从纳兰容若被忽略的内心需求开始，直至如日中天的岁月，他的呼吸却在刹那无法逆转地终结。

在纳兰容若的三十一年生命中，我们要解读他精明能干、人称“相国”的父亲纳兰明珠，了解被疑为善妒且残暴的母亲爱新觉罗氏，接近历史上在位时间最长的康熙皇帝，还会接触容若的老师徐乾学、同事曹寅、忘年交顾贞观，以及几个异样美丽的女子——表妹惠儿、妻子卢氏、才女沈宛等。在容若的一生里，他们都是举足轻重的人物，每个人都从不同的角度和层面参与或者折射了纳兰容若非凡的人生。

而你，恰好看到或者特意拿起这本书的你，必定是喧嚣年代依然有所坚守的读书人，此刻你准备好了吗？

请准备一杯暖心的香茗，一盒也许用来拭泪的纸巾，一份温柔而安宁的心境，一段闲散且不被打扰的时光，让我们一起与纳兰容若——那肉身早已了无痕迹、灵魂却依旧低回在文字里的旷世才子，进行一场关乎心灵的深度交流，包括诗词，包括生命际遇，包括爱情。

你将读到纳兰容若被诸多细节真实还原的个人传记，包含着一段风云变幻的家国历史。

晓梦（郭晓燕）

2014 年 6 月完成初稿

2017 年 7 月修订

目录

「第一章」　锦样年华水自流

心灵，童年，

必须读懂这些看不见的东西。

一个人的童年如何来决定人的一生？

童年的欠缺和遭遇是人一生中留下的伏笔。

天资聪颖的容若有一个聪明能干的相国父亲，

又非常幸运地拥有康熙皇帝这个精神上的成长伙伴，

暗地里以天子为榜样，

无疑更有成长动力。

一

纳兰容若的童年，记载的资料不多。那应该是一个很特别的童年，因为他的表哥是历史上的康熙皇帝。

如果你觉得童年非常美好，那也许只是一种错觉；如果你觉得它充满苦难，让你不堪回首，这又极可能说明你的认识稍嫌偏颇。

曾经一度，我质疑人们对于童年岁月清一色的缅怀和赞美。

通常人们倾向于认为童年无忧无虑，不知烦恼为何物。那时候天空很蓝，云朵被衬得格外洁白，彩虹也经常出现；那时候日子很慢，慢得让人不需要寻找方向。走过一段成长的岁月，磕磕碰碰遍体鳞伤，此后偶一回望，发现逝去的孩提时代，似乎美好得镶着灿烂的金边。

可是，童年真有记忆中的那么好吗？人们是不是进行了选择性遗忘？只记住了快乐的时光，比如逢年过节的愉快、和小伙伴一起玩耍的喜悦，却在不知不觉中忘记了许多令人伤感的情节，比如被大孩子欺负，比如因凡事只能服从长辈决定，没有资格自主而产生的挫折感。

也有人记忆中的童年充满苦难，假如他因此心生怨恨，那么他也许没有意识到，苦难的童年有时候是一份别样的生命礼物。看看那些有大成就的人吧，他们大多有一个特别苦难的童年。

总之，童年是生命之树的嫩芽，如果有充足的底肥，爱也好，磨难也好，生命之树将茁壮成长；如果缺乏重要的促生长因素，爱也好，尊重也好，生命之树都将会枯萎憔悴。

对于每个人而言，出生无法选择，童年也无法选择。

纳兰容若如此多愁、多病、多情的一生，他觉得快乐是一件无比奢侈的事情，无论是懵懂、不谙世事的童年，还是渐渐晓事的少年，快乐的时光似乎总是太短，而忧伤却那么漫长。

只不过，在外人看来，他的童年是没有太多忧虑的。

也许容若自己都不知道，他这一生所有的情愁与忧烦，恰恰来自这看似美好的总角年华。

1655年1月19日，按农历算应该是1654年（顺治十一年）腊月十二日，尽管北京城天寒地冻，銮仪卫云麾使纳兰明珠家里却是一派喜气。

銮仪卫云麾使是清初正四品在京武官职位，这一年明珠二十岁。

初为人父，喜得贵子，这样的人生大喜时刻无须多说。看着怀里抱着粉雕玉琢的新生儿，明珠喜上眉梢，这是纳兰家族的又一代血脉。

纳兰原是金代贵族姓氏，在汉语中是“太阳”的意思。纳兰氏的先祖本为蒙古族土默特氏，其首领即为历史上有名的土默特·星恳达尔汗，明朝初年居住在一个被称为“张”的地方，大约位于今天的黑龙江省肇州县一带。那里是嫩江、纳林河、呼兰河和松花江交汇的地带，山河秀丽，物华天宝。随后家族几经战乱，辗转变迁，到了北京。

此刻，明珠抱着的小小婴儿自然继承了祖先的优良基因，血液里流淌着出生地的芳泽。

望着这个孩子，初为人母的爱新觉罗氏，心中不知不觉也泛起了一丝难得的柔情。

这爱新觉罗氏是英亲王的女儿、多尔衮的侄女，家世显赫，据说年少时非常任性刁蛮。若非因其父亲获罪被废为庶人，家道中落，心比天高的她绝对不会下嫁给一名侍卫。尽管这名侍卫——明珠聪颖过人，日后终成大器。

嫁入纳兰家之后，爱新觉罗氏郁郁寡欢。据说她极其善妒，控制欲极强，连明珠跟家中侍女多说几句话都要生气。

关于爱新觉罗氏的强悍与暴躁，有人讲述过一个令人毛骨悚然的故事。说是明珠家有一位聪明漂亮的侍女，平常深得众人喜欢，爱新觉罗氏对她早有妒意。一次，明珠高兴，随口赞道：“这丫头，眼睛生得真是漂亮。”爱新觉罗氏马上脸就阴了。于是，无比恐怖的事情发生了。第二天一早，爱新觉罗氏冷笑着让人端上一个锦盒。明珠看着她的表情，觉得这其中有什么古怪，但没有多想，疑惑地打开盒盖一看，里面赫然是一双人眼！明珠吓得失声大叫，从此尽量离爱新觉罗氏远远的，轻易不怎么搭理她。

这个故事的真假笔者不想臆断。毕竟，强烈的嫉妒情绪真的很容易让人失控。此外，一些生性狠毒的女人干过的残暴的事，比这个还过分的在历史上并不少见。加上那个年代，奴仆的身份和家畜相差不大，被残酷对待，时人习以为常。

但容我们来读读史料。据《觉罗氏墓志铭》记载，爱新觉罗氏是“太祖高皇帝之嫡孙女，英亲王之嫡出第五女”，崇德二年（1637年）生。由于皇室的政治斗争，其父英亲王阿济格和众多男丁一朝死于非命，全家被撵出王府。觉罗氏也被贬为庶人，仓促地嫁给尚未显赫的明珠。据说觉罗氏“平日皈心释氏，晨起必焚香膜拜，诵梵经一卷。尝手书《金刚经》……”这样一位坚持念佛的夫人，也许会因为家道中落、身份的巨大落差而脾性变得很差，但残暴到命人挖掉侍女眼珠的地步，这种可能性应该不会太大。

孩子的到来给这个刻板的家增添了一些生气，让这个沉闷的家庭多了一些轻松与笑容。

该给孩子取个什么样的名字呢？

话说满族人承袭其先世女真人的风俗，会给新生儿起名儿。早些时候，由于文化意识不强，给孩子取名也没个讲究，家长所看到的第一个实物即是孩子的名字，因此当时出现了很多以动物或动物制品命名的人名。如清太祖努尔哈赤这个赫赫有名的名字，可能极少有人知道它的意思竟然是“野猪皮”；清太祖之弟舒尔哈齐这个名字的意思是“三岁野猪皮”，还有一些满族人的名字的意思是“豹皮”“兔子”等。这种现象说明当时满族人以渔猎为主，动物在社会经济生活中占据了重要地位。

清军入关后，满族人和汉族人杂居，受汉文化影响，满族人用实物给新生儿起名儿的情况逐渐减少，以动物起名儿的也越来越少。他们开始为孩子的名字赋予深刻的文化内涵，表达对一些事物的纪念，甚至寄托美好的愿望。

容若出生的季节是冬天，而当时“郎”为男性青少年的通称，因此容若的乳名被唤为“冬郎”。

给冬郎正式取名的时候，明珠广泛征求宾朋意见，根据《易经》里“君子以成德为行，日可见之行也”，给自己的长子取名纳兰成德；根据佛教术语“容有释”（解释经论时，除正义外，容认傍义，称为容有之说，亦称容有之释）、“般若”（智慧、超世俗的认知），取字“容若”。后为避太子“保成”名讳，改为性德，一年后太子更名胤礽，于是纳兰性德又恢复本名纳兰成德。

必须提及的另外一件重大事情是，在容若出生的八个半月以前，顺治十一年三月十八日（1654 年 5 月 4 日），纳兰容若的表哥爱新觉罗・玄烨出生，他就是 8 岁登基的康熙皇帝。这位日后威震四方的表哥，在纳兰容若一生中有着举足轻重的地位。

二

容若满周岁之日，刚刚站稳，只能摇摇晃晃走两步，眉梢、眼角，纯净如新叶上的露珠，还没来得及染上人间愁怨。

明珠按照习俗准备了各式各样的东西，书籍、刀剑、碗碟、珠宝、衣帽，一应俱全，让容若自主抓取。此所谓“抓周”。

亲人们围着容若，不停地拿各种物事逗引他：

“来，冬郎，看这里！”

“哇，冬郎，这个是好东西哦！”

小小容若东张西望一阵，顺手抓取了两样东西：一手珠钗，一手毛笔，再也不肯放下。

明珠叹道：“看来此儿长大后必为情种，必擅诗文。”

不知是明珠料事如神，还是天意果真如此？

容若自幼天资聪颖，读书过目不忘，不到十岁就可以做出非常像样的诗，甚至每每出口成章。

徐乾学在《通议大夫一等侍卫进士纳兰君墓志铭》中写道：

（容若）自幼聪敏，读书一再过即不忘。善为诗，在童子已句出惊人，久之益工。

我相信这绝非溢美之词，更不是杜撰。

所谓“过即不忘”，是说读一遍，就记住了其中的意思。但真要一字不差地整段整段背诵，还是要熟读方能成诵。当然，极少数记忆奇才除外。

至于“在童子已句出惊人”，天分稍高的孩子，无论古今，倘若从小就喜读诗书，耳濡目染，那么六岁开始作诗实在很正常。不必例举人尽皆知的骆宾王七岁作《咏鹅》，且说我自己亲眼所见。几年前，一个六岁的小男孩儿只花了十几分钟就写出一首以“母爱”为题的现代诗：

母爱

有一样东西，
在我心中飞扬，
又非常稀少，
那是母爱。
像天上的星星一样多，
又像龙一样少，
它像一朵朵洁白浪花，
轻轻流入我的心田。

我发誓这是真的，孩子只有六岁，而且只花了十几分钟，甚至只有几分钟。我亲眼见证了作品的诞生过程。

小男孩儿先是问在电脑前敲字的妈妈：“妈妈，你会不会写母爱的诗？”

妈妈边敲边心不在焉地答：“母爱的诗啊，应该是能够写的。不过，这会儿妈妈不想写。”过了一会儿，妈妈反问，“为什么要问这个问题？你能写母爱的诗吗？”

小男孩儿眼睛骨碌碌转了几转，说：“我能写，我写给你看。”

十分钟左右，这首诗就出现在那位妈妈面前，把她惊呆了。

妈妈问：“你怎么会写这样的诗啊？是什么时候写的？”

小男孩儿骄傲地答：“就是刚才写的。”

再来看小容若。

因为爱书，容若很喜欢去父亲的书房。起初家人怕他把东西弄乱，不让他进书房，或者他只进去一小会儿，就被连哄带骗地拉了出来。但他会趁大人不备，再偷偷溜进去。后来家人见容若确实懂事，并不破坏东西，也就由他去了。

其实明珠工作繁忙，并不经常读书。何况当时满族人中有相当一部分人对汉族文化不屑一顾，若不是康熙皇帝崇尚汉文化，也许汉语在当时就成了被排挤的语言。

也许是补偿心理，也许是因为眼见康熙皇帝喜欢读书，作为臣子，明珠对藏书有一种近乎偏执的兴趣。在他的书房里，除了有《论语》《大学》等四书五经之类的典籍，还有许多史书，如《史记》《汉书》《后汉书》……

而渐渐长到十几岁，成为翩翩少年之后，容若最爱的是唐诗宋词。

有句话说，你是谁，你就会遇见谁；你是什么，你就会被什么遇见。

我有个诗友，湖南诗人梦天岚，在谈起他什么时候开始写诗时，他说，读初中时有个语文老师喜欢诗歌，订了份诗歌报。某次，梦天岚随手拿起一张报纸看起来，没想到一看之下，他觉得自己被那些简洁唯美、充满韵律感的文字惊呆了。他说没想到还有诗歌这种东西。从此这个看起来五大三粗的男子就迷上了那些字字句句别出心裁的组合，并且一发不可收，人到四十，依然对诗歌无比热爱，也写出了许多或厚重或轻灵的作品。我身边有不少这类痴迷诗歌的人。

容若也是如此。

天性敏感、内心锦绣如容若，与诗词一相逢，必定一见钟情，从此以后情有独钟。一些美好的字句，让容若一咏三叹，无比沉迷，比如唐朝李白的“君不见黄河之水天上来，奔流到海不复回”；杜甫的“安得广厦千万间，大庇天下寒士俱欢颜，风雨不动安如山！呜呼，何时眼前突兀见此屋，吾庐独破受冻死亦足”；李商隐的“身无彩凤双飞翼，心有灵犀一点通”；南唐后主李煜的“流水落花春去也，天上人间”；李清照的“莫道不消魂，帘卷西风，人比黄花瘦”；苏东坡的“人有悲欢离合，月有阴晴圆缺，此事古难全”；陈与义的“杏花疏影里，吹笛到天明”；李之仪的“我住长江头，君住长江尾。日日思君不见君，共饮长江水”……如此种种，字字珠玑，容若读得如痴如醉，简直废寝忘食。

真不知道人类的语言何以能够如此流光溢彩，叫人上瘾。容若一见到喜欢的诗词，必定摘抄下来，熟读成诵。

少年岁月里，一卷在握，沉迷其中，读得忘了时间，于容若而言是一种莫大的快乐。在那样的时刻，和书中人同喜同悲，与书中意相契相合，忘了自己的处境，甚至忘了自己是谁，心之所系，全是他人的离合悲欢，全是这人世的苦辣酸甜。

终于读完一篇，掩卷长叹，这才重又把自己带回现实中来。

表面上看起来，这位少年公子确实可以称得上是无忧无虑。明珠在京城西北的郊外建了一座别苑，明珠家庙东岳庙、水母宫、天齐庙都在这一带，人称明府花园。这园子足够大，灵山秀水，亭台楼阁，可以泛舟，可以蹋球，可以赏花，可以饮酒。

容若在《郊园即事》中写道：

胜侣招频懒，幽灵度石梁。
地应邻射圃，花不碍球场。
解带晴丝弱，披襟露叶凉。
此间萧散绝，随意倒壶觞。

可见容若青少年时代已有一批朋友，时时往来，饮酒欢聚。

然而容若内心却是郁郁寡欢的，因为没有人能真正走进他的内心。

三

从出生起，容若就由奶妈喂养，没有得到足够的爱。他的父亲明珠忙于朝政，他的母亲爱新觉罗氏又不是一个太懂爱的人。虽然有一帮仆人围着，但他们只是把照顾容若当成自己的工作和义务，并没有用足够的真心去对待他。或者说，即使他们当中有人是真心的，但很难激发出容若对等的感情。在容若看来，这世上很少有人真正爱他、懂他。

除了祖母宠爱，偶尔搂着他“心肝宝贝儿”地叫，小小的容若经常觉得自己很孤单。父亲一天到晚影子都难得看见，而母亲呢，整日里愁眉不展，沉浸在自己的世界里，很难看到她的笑模样。容若见了母亲总是怯怯的，觉得彼此隔着看不见的距离，总有隔膜，除非容若生病时。

一天，年幼的容若骑马回来，突然面色苍白，忽冷忽热，腹痛难忍，还呕吐不止，不一会儿居然昏迷了过去。这次生病，在纳兰容若的生命中埋下了极其凶险的伏笔。

仆人们七手八脚地把容若抱上床，闻讯赶来的爱新觉罗氏慌得不行，她把容若搂在怀里，对仆人大叫："快请郎中！快请郎中！"而后哭着对容若说，"孩子啊！你不能出什么事啊！娘不能没有你！"

郎中来了，把过脉之后，缓缓道："贵公子所患寒疾，乃寒邪入体所致。"

郎中开了药，说病人需要发汗，静养；还说这孩子表面看起来强壮，体质却虚，以后务必好好调养，不然容易出大问题，甚至会危及性命。

爱新觉罗氏一一答应。

容若悠悠醒来，见自己躺在母亲怀抱里，而母亲正暗自垂泪，禁不住心中一暖，他吃力地叫道："娘！"

爱新觉罗氏赶紧擦干泪水，勉强笑道："好孩子，你终于醒了，娘好担心你！"

容若凝视着娘亲，天真地缓缓说道："娘，容若宁愿天天生病。"

爱新觉罗氏大惊道："这孩子别是烧糊涂了吧？说什么傻话呢？"

容若认真地说："孩儿没有烧糊涂，也不是说傻话。因为只有容若生病，娘才会对容若这么好。"

爱新觉罗氏的泪水又一次落下来，她突然觉得自己平常太忽略这个家，对丈夫、对孩子都太过粗暴了，她决定要慢慢改变自己。

根据现代心理学家的研究成果，如果母亲过于强悍，儿子往往柔弱。应该说，纳兰容若多愁善感的性格，除了自身敏感的天性，确实和母亲对他的态度有关。容若即使日后身材高大，能文能舞，但在精神层面，他始终有些脆弱，成了多情的伤心人。

多年后，经常伴随康熙四处出行的纳兰容若在一首词中这样形容自己的多愁多病：

忆秦娥·长飘泊

长飘泊，多愁多病心情恶。心情恶，模糊一片，强分哀乐。

拟将欢笑排离索，镜中无奈颜非昨。颜非昨，才华尚浅，因何福薄？

话说容若生病当日明珠回到家里，得知儿子突发寒疾，病情严重，很是担心。他觉得自己也该多找时间陪陪儿子，陪伴他骑射，让孩子练就一副强壮的身体。

明珠平常对容若非常严格，不但规定儿子必须完成老师布置的任务，还常常对他有额外的要求。

一次，容若淘气，不想练武，老师便罚他扎马步。过了一阵，容若腿都麻了，一屁股坐在了地上，老师本来也想就这么放过他算了，不想这时候恰恰明珠到来，了解事情原委后，硬逼着容若继续扎马步。容若起初叫苦连天，却还是坚持了下来，虽然身体筋疲力尽，然而精神上竟然奇迹般体会到了坚持带来的快乐和成就感。此后，容若学会了坚持，体能也逐渐得到加强。

可以想象，练习骑马射箭，肯定都有受伤的时候。习武之人必须承受的苦难，容若一样都不会少。

不只是对容若学文习武方面严加管教，在礼仪方面，明珠对容若的教育也到了苛刻的地步。

容若记得很清楚，大约在他六岁的时候，一次，在家祭过程中，按照规矩，参与者必须分食没有添加任何调料，仅仅是煮熟了的白肉。在容若看来，这样的肉不但没有佐料，还肥肥的，实在油腻，难吃得要命，于是他就不肯吃。而明珠却逼着他吃下去，容若大哭起来，那块肉掉在了地上。

明珠也知道这肉确实难吃，不少贵族子弟要么悄悄把肉藏进袖子里伺机扔掉，要么故意在纸上蘸好调料包着肉吃。明珠为了表示自己对祖先的敬重，毫不变通、毫不妥协。即使分给容若吃的那块肉掉了，他仍然捡起肉来，不由分说往容若嘴里塞。容若无奈，只得飞快地囫囵吞下。

四

顺治十八年（1661 年），容若 7 岁。

这一年正月，清世祖顺治帝驾崩，未满 8 岁的皇太子玄烨即位。内大臣索尼、苏克萨哈、遏必隆 、鳌拜受顾命奉幼帝玄烨嗣承大统，为辅政大臣。

明珠回到家里，少不得会对容若说："容若，你要懂事啊！要认真练武，认真读书啊！你看看你的表哥玄烨跟你差不多大，已经开始当皇帝了。你也是一个聪明的孩子，一定要上进啊！"

不难想象，年龄相仿的表哥当上皇帝这件事，必定让不谙世事的容若内心产生某种难言的震撼。也许自此，康熙这位幼年皇帝就成了容若心中的榜样。

康熙 8 岁丧父，10 岁丧母，由史上有名的孝庄太后一手带大。他的父亲是顺治皇帝，雍正是他的儿子，乾隆是他的孙子，祖孙三代开创了中国历史上有名的“康乾盛世”。康熙身上流淌着三种血统，传承了三种文化，他父亲是满族人，祖母孝庄是蒙古族人，生母佟佳氏是汉族人。

皇帝受到的教育是非常严格的。康熙自小就有满族老师教授满语，学习骑射，又有汉族老师教习书法，传授四书五经，使他熟知儒家文化。

《康熙起居注》记载了这个帝王的学时起居：从 13 岁起，每天凌晨四点，康熙就要到无逸斋复习头一天的功课；早上五点，老师来到课堂，给皇帝行跪拜之礼后，检查他的功课，然后开始上新课。据康熙自己说，每篇课文的每个段落，老师先要他读 120 遍，再背 120 遍，背熟了再开始学习下一段。早上七点，康熙用早膳，然后开始上早朝，和大臣一起商议国事。午膳后，下午一点，康熙到无逸斋外的院子里，练习骑射及各种武功。晚膳之后，仍旧是学习。

史书记载他射箭“连发连中”，学文习武“无间寒暑”，所以，康熙能够成为一代明君，确实是他自己从少年时代起就发奋努力的结果。

而明珠在朝中对皇帝的学习及成长历程耳闻目睹，时时把皇帝的优点和事迹当成活教材，拿回家教育容若，使得容若学习更有动力，这种情形也是可以料想到的。少时的容若虽然没有机会经常见到皇帝，甚至年少时根本就没见过皇帝，但由于父亲的叙述，康熙皇帝在不知不觉中成了容若精神上的成长伙伴。

时光荏苒，在明珠的严格要求下，在表哥皇帝榜样精神的感召下，渐渐地，容若长成文武双全的翩翩少年，名动京城。人人都知道明珠家有个精诗文、擅骑射的英俊少年郎，以“神童”誉之。

与此同时，明珠自己的事业也是渐入佳境。

康熙七年（1668 年）9 月，明珠升任刑部尚书。到了冬天，明珠和工部尚书马尔赛一起去淮扬、兴化巡视。明珠渐渐成为少年康熙皇帝身边非常重要的大臣，在一些重大事件中，这位股肱之臣贡献了自己的力量。

父亲对儿子的一生有着决定性的影响力，我们来看看明珠究竟是何等人。

「第二章」　羽旗豹尾映龙鳞

皇帝为他写诗，

四位辅政大臣互相倾轧，彼此明争暗斗，

却无一例外地笼络他这个人。

他，纳兰明珠，是怎么做到的？

一

康熙皇帝在一首诗里特意写了“明珠”这个名字。

没错，把明珠的名字写进诗的标题里。标题是这样的——《夏日同大学士明珠暨诸侍卫过黑龙潭途中作》。

这是康熙皇帝《圣祖仁皇帝御制文集》中的一首诗，其中有这样一句：“骏马骎骎踏绿萃，羽旗豹尾映龙鳞。”

好一个“羽旗豹尾映龙鳞”！让人脑子里马上想起旌旗猎猎、车马声喧、威武无敌的皇家卫队。

皇帝特意在诗中写到臣子的名字，可见纳兰明珠在康熙皇帝心目中的地位。

康熙皇帝还说明珠“凤阁清才，鸾台雅望，典章练达，服勤匪懈，于寅恭器识，渊凝顾问，时资于靖献。属在论思之地，参机务之殷繁，每抒钦翼之忱，佐经猷于密勿，崇阶早陟，载晋公孤弘奖，申嘉庸昭宏渥”。

明珠升迁之快，为历史所罕见，康熙帝对他的评价之高，也可谓是绝无仅有。

那么，明珠是怎么做到如此深受君恩的呢？

有人认为明珠是蒙受祖德，在皇帝面前平步青云。这个观点实不足信。

明珠虽然是贵族之后，然而到了他父亲那一代，昔日辉煌已不再，他的父亲尼雅哈只是一个骑都尉，属四品官，而且尼雅哈去世的时候，由长子纳兰振武承袭世职，排行老三的明珠没有得到任何实惠。

也有人认为是因为明珠娶了个极有背景的夫人，使得他颇受皇室青睐，这就更加是谬误了。

明珠的妻子爱新觉罗氏是英亲王的女儿，这个没错，可是我们先来看看这个英亲王。

英亲王阿济格是努尔哈赤的第十二子，据说他“生而雄勇”，为努尔哈赤所钟爱。阿济格自幼便随父兄参加战斗，屡建功勋；成年后多次担任主帅，也是战功显赫，在满族贵族中很有地位。不过阿济格属于武将类型，缺少政治智慧，胸无谋略。据说他居功自傲，蛮横残暴，既对长辈无礼，对自己的手下也是随意责罚，旁人不过是慑于他的权势，勉强从命。实际上阿济格非常不得人心。

顺治七年（1650 年）冬，阿济格随弟弟多尔衮去边外围猎，多尔衮在这次围猎中颇为可疑地病死。之后，阿济格想继承多尔衮摄政王之位。当时阿济格胁迫多尔衮的属下归附自己，手段粗暴、态度蛮横，有人不服，于是阿济格被告发“谋乱夺政”。

多尔衮的灵柩回京时，顺治帝被迫逼阿济格及其已获得亲王爵位的第三子劳亲自尽，次子被夺爵位，其余尚在人世的儿子和女儿均被废为庶人。作为阿济格女儿的爱新觉罗氏自然不能逃脱从金枝到草根的命运。

也正因为如此，当时任御前侍卫的明珠才有机会娶到被废为庶人的爱新觉罗氏。

不过，既然英亲王后代已被废为庶人，明珠娶这样一位女子为妻，又哪里还能沾到什么光呢？

应该说明珠日后会成为康熙的股肱之臣全靠他自己。

二

明珠素来机灵敏捷，尤其懂得揣摩迎合上级的意图。这种能力被不少人诟病，被认为是没有骨气、拍马逢迎，但放在明珠所在的那个朝代，这或许是必不可少的一种“技能”吧。也因此，明珠得到了他的上司遏必隆的赏识。

顺治十八年（1661 年），8 岁的康熙即位后，身为四位辅政大臣之一的遏必隆立即推荐明珠升任郎中，重建内务府。另外三名辅政大臣分别是：索尼、苏克萨哈、鳌拜。

非常明显，虽然明珠是由遏必隆一手提拔的，但若他不能处理好和另外三名辅政大臣之间的关系，他的命运一样会危机四伏。

在这四位辅政大臣中，索尼资格最老，但他年老多病，多一事不如少一事，大抵听凭鳌拜做主，而遏必隆一味依附鳌拜，只有苏克萨哈与鳌拜不睦。

明珠与苏克萨哈同属纳兰氏，苏克萨哈当然不会与他为敌，但明珠又是遏必隆的追随者，因此鳌拜也没有把他当作打击的对象。至于索尼，因为他的外孙女和康熙成婚时，是由明珠为首的内务府具体操办的，明珠办事本来就滴水不漏，不会有意得罪什么人，加上难免会特意示好于索尼，因而索尼对明珠也怀有好感。这样一来，四位辅政大臣不仅都不打压明珠，还因为明珠能接近太皇太后和皇帝而都想利用他，因此争先提拔、笼络他。

明珠是在康熙三年（1664 年）升任为内务府总管的。内务府是管理皇家大小事务的总机构，作为总管，明珠有机会接触任何人，包括太皇太后孝庄。

这位孝庄太后可不是一般的人物。

康熙自幼父母相继离世，由孝庄太后抚养成人。康熙对自己的祖母言听计从，极为孝顺。历史评价这位孝庄太后颇具智慧又极为贤德。她生活俭朴，不事奢华，史料记载，平定三藩时，孝庄太后曾把宫廷节省下的银两全部捐出用来犒赏出征士兵。每逢荒年歉岁，她总是把宫中积蓄拿出来赈济，全力配合、支持孙子的事业。皇帝自然对自己的祖母有十二分敬意，每次出巡盛京时，康熙几乎每天都派人驰书问候祖母起居，报告自己的行踪，并且把自己在河里捕抓的鲢鱼、鲫鱼，派人送京给老祖母尝鲜。

明珠在孝庄太后面前格外细心、机警。小到太后偶尔念叨哪出戏、哪种果品，大到对国家大事的意见，明珠无不铭记于心，并很快办妥所有事务，工作效率和质量甚至常常超过期待，让孝庄太后非常满意。

太皇太后不时夸赞明珠，康熙自然便对明珠青睐有加。康熙布置任务下去后，发现明珠确实很会办事，也很会做人，慢慢就越来越离不开他了。这为明珠最终平步青云打下了基础。

宫廷斗争中，机敏的明珠把太皇太后当作自己的保护伞，审时度势，既不得罪任何一方，也不投靠任何一方，最终在惨烈的朝廷斗争中成功保身，且左右逢源。

就在鳌拜和苏克萨哈因为权势和财产争夺得不亦乐乎的时候，明珠于康熙五年（1666 年）由内务府调任内弘文院学士，进入朝政中枢机构，担任大学士的助手，也曾奉命外出会勘河务，不久又被提拔为刑部尚书，在参与不属于刑部尚书的测验历法活动中，和鳌拜间接斗争。在康熙一举擒获鳌拜之际，明珠前往福建主持与台湾郑经（郑成功长子）的议和活动，为郑氏的归降创造了条件。

明珠是康熙皇帝的近臣，即使康熙离京外出，他也经常陪侍左右。康熙十一年（1672 年）2 月初，康熙皇帝在赤城闻知皇后所生的四岁长子承祜病死，郁闷不已。回朝后，明珠即与随从上奏说：

臣等不胜忧虑。皇上悲痛皇子，固是天性，第深居简出，则郁闷愈增。臣等愿皇上移跸，借境抒怀，臣等幸甚。

康熙帝回应说：

朕每日诣太皇太后宫问安，颇可自慰。

这是有史料记载的。虽然只是寻常言语，但足可见君臣关系融洽。

至于在撤三藩以及随后平三藩之乱、反击沙俄等重大事件过程中，明珠的作用也是功不可没。他还致力于改善满汉关系，举荐过于成龙、格尔古德等颇有作为的清官。

然而，随着明珠集团势力逐渐增大，党羽众多，权势日盛，康熙为了巩固自己的统治、把握平衡，暗中授意郭琇弹劾明珠，罢免了明珠的相位。

这样一位精明强干的父亲，纳兰容若全都看在眼里，他对父亲既敬畏，又有不以为然之处。也许正因为明珠在政界绞尽脑汁、历经辛苦方得平步青云，使得容若对富贵功名没那么渴求，反倒移情吟诗填词。

这对父子，一个在政坛显山露水，一个在词苑独树一帜，也是一段难得的佳话。

「第三章」　不是人间富贵花

自小锦衣玉食，便不容易贪恋富贵。

人们往往追求自己得不到的东西。

渐渐成长的容若，他的软肋是感情。

那么，谁，是容若的初恋情人？

一

越是聪明的孩子越容易淘气。

因为他们对这个世界有足够的好奇心，会用自己幼稚的方式去探寻新的事物，不懂得既定的规则，难免会犯错。

笔者亲眼看到一个印象特别深刻的小故事：一个6岁的孩子，吵着要跟大人玩牌。当他明白牌的大小之后，如大鬼最大，然后是小鬼，这个孩子于是争着要洗牌，而且把大鬼和小鬼都放在恰好自己可以拿到的顺序，于是他满手都是好牌。大人批评孩子作弊、耍赖，孩子不解，无辜而委屈地抗辩道：“我没有耍赖！”大人居然大声说：“你就是耍赖！”孩子委屈地掉泪了。

这其实是多么聪明的一个孩子，他按照自己的理解，设法让自己赢得游戏，从他的角度来说，这是对的。因为他还没有完全懂得既成的游戏规则，不知道洗牌必须是随机的，而不能有意把好牌留给自己。

容若也是极其聪明的孩子。也许他会在不知情的时候犯错，但他从不犯第二次错误。

容若的老师徐乾学在《通议大夫一等侍卫进士纳兰君墓志铭》中写道：

余阅世将老矣，从我游者亦众矣，如容若之天姿之纯粹、识见之高明、学问之淹通、才力之强敏，殆未有过之者也……自幼聪敏，读书一再过即不忘。善为诗，在童子已句出惊人，久之益工，得开元、大历间丰格。尤喜为词，自唐五代以来诸名家词皆有选本……容若数岁即善骑射，自在环卫，益便习，发无不中。其扈跸时，雕弓书卷，错杂左右。日则校猎，夜必读书，书声与他人鼾声相和……其料事屡中，不肯轻为人谋，谋必竭其肺腑。

这样一个聪明俊秀的孩子，我们不难揣想他的童年。

容若自小锦衣玉食，被呵护得细致有加。加上他聪明懂事，人人夸奖。随手写个字，众人赞叹；随口说句话，众口相传，真是被宠爱得无以复加。不过，明珠深知严是爱的道理，会不时抓住容若的错处来惩罚他。

让我们来假想一次容若受罚的情景。

某天，小容若受罚了。

他被罚跪两个小时，跪在院子里的沙地上，而且不准吃晚饭。

原来这天明珠难得早早回家，他在家里独自休息着，一边等着晚膳。此时，太阳还没有下山。他突然想问问儿子的功课，看他学问是否有长进，于是差人去找容若。家人在府里找了半天，连容若的影子都没见着。想来是趁人不备，容若偷偷跑了出去。

后来才知道，容若果然是偷偷跑出去了，和别的孩子一起嬉戏、玩水、抓鱼，玩儿得高兴，忘了该赶回家吃饭。

容若跪在地上，低着头，脊背挺得直直的。

对容若来说，受罚是偶尔才会发生的事情，因为他一直比较听话。但孩子毕竟是孩子，再懂事的孩子都有淘气的时候。

明珠对他的惩罚并不重，做错了事，比如说没按规定完成老师的作业，比如说不小心失手打碎碗碟，甚至是家里的贵重之物，就得受罚。罚跪、打手心、抄写诗文、罚扎马步。

起初，小容若觉得自己如此受罚很委屈，偶尔一个人出去找小伙伴玩玩有什么要紧？一天到晚像被关在笼子里的鸟儿一样，一点儿自由都没有，多没劲儿。

但他相信每次父亲惩罚他，其实是关心他、为他好。

比如这一次，他一个人偷偷跑出去，而且是去不熟悉的地方，可能会走丢，或者可能遇到什么危险。惩罚他是为了让他懂得，不可以一个人偷偷跑出去。小孩子离开家，必须有大人陪同，或者至少获得大人批准。

两个小时之后，容若才被允许站起来，他的腿都跪麻了。说是不准他吃饭，但已经有丫鬟、嬷嬷悄悄留了东西给他。容若起初不肯吃，但后来太饿了，而且经不住好言相劝，好歹吃了些点心。

幼时的容若，对父亲敬畏有加，不敢有任何违抗。

光阴荏苒，容若慢慢长大了，渐渐懂事起来，有了自己的独立思考，如果和父亲的观念有相悖之处，他也懂得用自己的方式跟父亲交流了。

自从明珠升职之后，容若见家门前总是车马声喧，而且总有人肩扛手提地把许多好东西送到家里来，他明白那是有人想求父亲帮忙，因而上门行贿，而明珠对此居然来者不拒。

十几岁的容若很为父亲担心，为此他专门写了一首诗：

乘险探王阳，叱驭来王尊。
委身置歧路，忠孝难并论。
有客赍黄金，误投关西门，
凛然四知言，清白贻子孙。

诗写好后，他特意把诗稿放在父亲的书桌上。

容若在这首诗里引用了一个明珠非常熟悉的典故，也就是《后汉书·杨震传》中记载的杨震拒不受贿的故事：

大将军邓骘闻其（杨震）贤而辟之，举茂才，四迁荆州刺史、东莱太守。当之郡，道经昌邑，故所举荆州茂才王密为昌邑令，谒见，至夜怀金十斤以遗震。震曰：“故人知君，君不知故人，何也？”密曰：“暮夜无知者。”震曰：“天知，神知，我知，子知。何谓无知！”密愧而出。

这个故事是说，杨震的一位老朋友想请杨震帮忙，夜里拿着金子想贿赂杨震，遭到断然拒绝时，老朋友不以为然地说：“晚上没有人知道。”杨震大义凛然地回答：“天知，神知，我知，你知，怎么能说没人知道呢？”

明珠认真地读了容若这首五言律诗后，有所动容。他一方面为儿子的才华和见识感到骄傲，小小年纪，就能够写出这么好的诗，表现出如此强烈的正义感，让人震撼；另一方面，明珠自己很清楚，贪污受贿之事，他已深陷其中，实在难以自拔，不是儿子一首诗就能改变的，他深感无奈。

二

尽管和父亲对一些事物的看法有分歧，容若还是一直在努力做个好孩子，做个孝子。

应该说，孝是整个人类的美德。古往今来，只要是懂事的人，没有不孝的。近来恰好看到影星周星驰的另类孝故事，让人感动：

生于1962年的著名华语喜剧演员周星驰年幼时家里非常穷，有两个姐姐、一个弟弟，母亲和父亲离了婚，一个人要拉扯四个孩子，每次吃饭如果有肉，母亲总会把肉夹给孩子们，自己却舍不得吃。可是周星驰每次都会故意在碗里夹一块肉，咬一口就不吃了，丢在桌上。

更过分的是有一次，他竟然将一整个鸡腿掉到地上，然后就不肯吃了。母亲非常生气，只得自己把周星驰丢在桌上的肉和掉在地上的鸡腿吃下去，而且气得忍不住打他，骂他不懂事，浪费东西。

可是周星驰却低着头任母亲责罚。成名之后，周星驰在接受凤凰卫视采访的时候才说出事实的真相：他只有通过这种方式才能让母亲多吃肉，因为母亲不会嫌他脏，也舍不得将肉扔掉……

容若也是一个大孝子。

徐乾学在《通议大夫一等侍卫进士纳兰君墓志铭》中写道：

容若性至孝，太傅尝偶恙，日侍左右，衣不解带，颜色黝黑，及愈乃复初。太傅及夫人加餐，辄色喜，以告所亲。友爱幼弟，弟或出，必遣亲近傔仆护之，反必往视，以为常。

这段记述说的是，有一次，明珠因为工作劳累，偶然染病，在家里休养。容若于是衣不解带，白天、晚上都在父亲病床前服侍。明珠让他去歇一会儿，他却横竖不肯。等到父亲痊愈了，容若才去歇息，累得脸色都苍白了。等明珠病体痊愈，他才恢复如初。明珠及夫人多吃了一碗饭，他会特别开心，眉飞色舞地告诉别的亲人。容若对弟弟相当友爱，弟弟每次要出去，容若必定让自己的亲信随从；弟弟回来，容若必定会去看望，如此关心，习以为常。

容若的表现让明珠又心疼，又欣慰。比起那些一天到晚只会吃喝玩乐，只懂得赌牌、斗蛐蛐的纨绔子弟，容若是多么懂事啊！明珠觉得自己作为父亲，多年的努力并没有白费。

对容若的教育，明珠简直是不计代价，先后请过许多名师来教导容若。

有个叫丁腹松的，字公木，江苏通州人，他博学能文而不随时俗，三十岁中举人后屡试不第，在家赋闲时，明珠特意聘请他做西宾。

他应该是对纳兰容若幼年影响最大的一位老师。

自13岁起，容若得到董讷教授，学业大进。这董讷是山东平原人，康熙六年（1667年）进士，授编修，是学富五车之士。

纳兰容若“补诸生，贡入太学”，而后入国子监，当时国子监祭酒为徐元文（徐乾学之弟）。

徐元文，字公肃，号立斋，江苏昆山人，顺治十六年（1659年）状元，曾任翰林院修撰、秘书院侍读学士、经筵讲官等职，康熙九年出任国子监祭酒。徐元文对容若欣赏有加，时常对自己的哥哥徐乾学提起容若，也承诺容若要把自己的哥哥介绍给他认识。

纳兰容若后来参加乡试时，主考官之一就是徐乾学，容若中举后拜谒徐乾学，认为自己“幸得师矣”，此后便投在徐乾学门下，在汉文化学习上颇受徐乾学影响，《通志堂经解》也是在这位恩师的帮助下完成的。

徐乾学可谓饱学之士，曾在康熙九年（1670年）中进士第三名，授编修。曾先后奉命为《大清一统志》《明史》《鉴古辑览》《古文渊鉴》各馆总裁官。他与其弟徐秉义、徐元文均为进士前三名，是朝廷贵官，人称“昆山三徐”。

有了这么强大的老师团队，容若想不进步都不行。

对于容若武术老师的挑选，明珠也是煞费苦心。

除了请满族名师教容若骑马射箭之术，明珠还托人四处打听寻找武林高手，后来在河南登封少林寺重金聘请了一位名叫禅真的武僧教授容若功夫。

这位禅真和尚还真是武功了得。容若起初有心想试试师父的身手，想不到只一招半式，容若就被禅真制住，无法动弹。禅真还有意露了一手，轻松一掌，就把一块厚厚的青砖击得粉碎，看得容若目瞪口呆。

禅真一直让容若练基本功，扎马步就不用说了，打沙袋啦、拍打树干啦，把容若的手都练出了血泡，直至磨出老茧。容若有时候忍不住抗议、叫苦。

一天，容若手上的皮又破了，冒出血来。他简直不想再练了，对禅真道："师父，您每天让我打这些笨重的沙袋有什么用啊？我想学的是招法，是真功夫！"

禅真不理他，双手合十，自顾诵经。

容若气得不行，却又无可奈何，他只好含着眼泪继续练，手上的血把沙袋都染红了。那禅真也够狠心，硬是让容若带伤练足了时辰，方才宣布休息。

足足练了 18 个月的基本功，这禅真才正式教容若武功。而容若一点就通，一教就会，禅真在明珠面前很是夸奖了他一通。

俗话说："师父领进门，修行靠个人。"

容若对于父亲请师父悉心栽培自己充满感恩，他从小就胸怀抱负，所以学习起来非常用功，也很自觉。无论烈日当空，还是大雪飘飞，容若习文练武，从不间断。

本来就天资聪颖，加上如此努力，容若的学业和武功都快速精进。有人赞扬容若，说是"孺子可教""富贵有根"。

然而容若对于富贵却一直看得很淡。成年后他在一首词《采桑子·塞上咏雪花》中，如此咏道：

非关癖爱轻模样，冷处偏佳。

别有根芽，不是人间富贵花。

谢娘别后谁能惜，飘泊天涯。

寒月悲笳，万里西风瀚海沙。

满族人大多爱雪，尤其重视初冬的第一场雪，初雪之日，据说被人们命之为“头场雪节”，会吃烤鹿肉来庆贺。

不爱富贵，却偏爱雪花。也许一个聪明人的天性就是去追逐自己缺乏的东西，好修炼出一个完整的自我。

富贵不是容若的追求。他愿意像古代的君子那样，以“修身、齐家、治国、平天下”为己任，而有所作为。

此外，容若的软肋是情感。

你可以叹他太过儿女情长，然而人的一生，为情所系，甘为情痴，未尝不是一件美好的事。

渐渐晓事的容若最为盼望也最为珍惜的，是和自己心爱的人长相思，不相离。

关于容若的初恋情人，容若本人秘而不宣，仅在他的诗词作品中有藏头露尾、隐约含蓄地表达。容若身故之后，坊间有几种猜测，有的说这名女子可能如同《红楼梦》中所写的晴雯、袭人之类，但他们的恋情不为家族所容，恋人最终被驱逐出纳兰家，容若因此郁郁寡欢；还有一种说法认为这位情人是后来入宫为嫔妃的女子，据无名氏《赁庑笔记》载：

纳兰容若眷一女，绝色也，有婚姻之约。旋此女入宫，顿成陌路。容若愁思郁结，誓必一见，了此夙因。会遭国丧，喇嘛每日应入宫唪经，容若贿通喇嘛，披袈裟，居然入宫，果得彼妹一见。而宫禁森严，竟不能通一语，怅然而出。

假如我们采信“入宫女子”一说，那么这位女子究竟是谁？

刘德鸿先生在《清初学人第一——纳兰性德研究》一书中对这一说法做了总结：

对纳兰性德及其作品研究有素的张任政先生在1930年发表的《纳兰性德年谱》中说：“入宫之事，本诸相传，无确实证据。近读其词，特拈而书之，以见作者身世之感受，惜其时其人未得其详。”并说：“其尤明显而可以探索其事实者，则更有《昭君怨》一阕……其末了两句，最足注意。所谓‘锁朱门’，何地也？‘梦承恩’，何事也？除宫闱外，更何有承恩之事？现居台湾的文化名人苏雪林女士也曾在1930年撰写《清代男女两大词人恋史之研究》，不仅相信《赁庑笔记》所述‘有些道理’，而且明确指出纳兰性德的这位恋人是他的‘中表或姨姐妹’，后来此女被选入宫，容若别婚卢氏，感念前情，不能自释，常与她秘密通信，并互相馈赠食物（注：请记住一样食物——樱桃，将在‘多情自古原多病’一章中提及）。”

本书采用“入宫女子”一说，毕竟能够让人中龙凤般的容若如此魂牵梦萦、神魂颠倒的，绝非资质平平的邻家小妹。

刘德鸿先生曾经撰文《康熙帝之惠妃与纳兰性德的婚前恋人》，认为惠妃确实是容若的表妹，但可能不是纳兰容若的婚前恋人，也许只是交情好的红颜知己（惠妃出生年月已不可考，但她活到年近八十岁才寿终正寝，据估算，她应该比容若小两到三岁）。

可是，感情隐私，有时候只是天知地知，当事人知。刘德鸿先生既然也认为惠妃与容若“相知有素”，那么，请容许我在这本书里，如同电视连续剧《康熙秘史》一样，如此认为：一生中第一个让容若懂得相思之苦、相离之痛的人，是表妹惠儿——她后来成了康熙帝的惠妃。

「第四章」　人生若只如初见

遇见，有时候是人生的重大事件。

惊鸿一瞥间，轰轰烈烈的故事就此开始上演。

你不知道下一秒，你会遇见谁。

你不知道这一世，你会遇见谁。

容若遇见表妹，如同《红楼梦》里的宝、黛初见，

似曾相识的感觉，造就一场秘而不宣的传奇。

一

人生中的一些事，当时看似不着痕迹，其实却为往后那些轰轰轰烈烈的事件埋下了伏笔。比如遇见，便是如此。

许多时候，遇见是人生中最具标志性的事件。千千万万人当中，纷纷扰扰的事务里，不经意的一低眉一回首，见到一个人或者遇到一件事，而这个人、这件事，也许就将浓墨重彩地改写你的一生。

人生最令人振奋的悬念之一是，你不知道下一秒，你会遇见谁。

人生最令人悲伤的错误之一是，你不知道这一世，你会遇见谁。

人这一辈子，无非就是遇见各种各样的人和事。这几年不停地研修心理学，我也接触了渐渐进入人们视野的灵修，逐渐明白一个道理，人生中最重要的遇见，就是遇见自己。应该说，了解自己，并发展自己，这就是最伟大的遇见。可是，不仅仅如此。不是说人是社会性动物吗？我们还是希望遇见这样一些人，大家彼此珍惜，互相支持；还是希望遇见这样一个人，两人真心相爱，永不离弃。

遇见什么样的人，就会有什么样的命运。所以，要懂得珍惜自己的遇见，甚至，人为地制造一些遇见。

情窦初开的岁月，纳兰容若遇见的是自己的表妹，日后成为康熙妃子的惠儿。

先来看看《红楼梦》第三回“托内兄如海荐西宾，接外孙贾母惜孤女”中贾宝玉初识林黛玉：

黛玉一见便吃一大惊，心中想道：“好生奇怪，倒像在哪里见过的，何等眼熟！”……宝玉早已看见了一个姊妹，便料定是林姑妈之女，忙来作揖。厮见毕归坐，细看形容，与众各别：

两弯似蹙非蹙笼烟眉，一双似喜非喜含情目。态生两靥之愁，娇袭一身之病。泪光点点，娇喘微微。闲静时娇花照水，行动似弱柳扶风。心较比干多一窍，病如西子胜三分。

宝玉看罢，笑道：“这个妹妹我曾见过的。”贾母笑道：“可又是胡说，你何曾见过他？”宝玉笑道：“虽然未曾见过他，然看着面善，心里就算是旧相识，今日只作远别重逢，亦未为不可。”

不知什么缘故，重新读完这一段，作为已经知道结局的看客，我有欲泪的感觉。

因为已经明白，这样的遇见虽美，却注定是一场悲剧，然而剧中人当时浑然不觉。

纳兰容若的表妹惠儿，部分人生经历就如黛玉，或者说，黛玉早期的命运，其实就是惠儿的命运。

惠儿命苦，14 岁前后父母双亡，被接来住在舅父明珠家中。

这第一次相逢，和宝、黛初识估计区别不大，彼此对望一眼，虽是初见，却如久别重逢。然而第二次、第三次……无数次，就有所不同了。

也许是在九折的回廊里，惠儿一眼瞥见容若一卷在握，朗声诵读，便在一旁远远凝望；也许是在落花飘零的树下，容若见惠儿迎风洒泪，伤心地捧起花瓣放进篮子里，准备去葬花，于是上前安慰；再或者，彼此只是看到一个熟悉的背影，却柔情顿生，为之心动。总之，两颗初解世事的心，就这样一次次遇见，相逢而后相知，最终两心相许。

青梅竹马，朝夕相处，容若和惠儿渐渐情愫暗生，彼此郎有情妾有意，完全在情理之中。

只不过，封建礼教甚严，加上容若家规严格，他们之间虽然心意相通，却也只能是发乎情，止乎礼。

那是一桩芬芳往事，那是一段锦瑟华年。

容若、惠儿和众兄弟姐妹一道，大家常常聚在一起填词或者吃喝调笑，众人之中，两人视对方与众不同，彼此悄悄眉目传情，目光偶一接触，亲昵地碰一碰，便赶紧移开，生怕别人发现。

平日里，容若奋发习武，每欲懈怠，用绣了鸳鸯的汗巾拭拭汗，便又精神抖擞，继续练习。因为那汗巾是惠儿一针一线绣成的，上面有她暖暖的爱与祝福。

有时候容若偶尔得闲，一卷在握，斜倚栏杆，独自看夕阳，不见佳人，思念佳人，心中无比甜蜜，亦无比惆怅，却突然见到惠儿薄妆浅黛，在楼下骑马而过，容若便眼也不眨地盯着惠儿看。惠儿见容若看她，羞得满脸通红，哪敢抬头。待骑马走远了，却又回眸一笑，百媚尽生。

这一幕让容若终生难忘，他提笔写道：

浣溪沙

一半残阳下小楼，朱帘斜控软金钩。倚栏无绪不能愁。

有个盈盈骑马过，薄妆浅黛亦风流。见人羞涩却回头。

惠儿呢，自从和容若哥哥暗通心事、互诉衷肠后，她的痛苦就有了安慰，她漂泊的心有了归属，她无助的人生有了新的寄托和期盼。她不奢望和容若哥哥朝朝暮暮地厮守，有时候只是哥哥远远的一个关切的眼神、一个温暖的微笑，她就心满意足，因为知道哥哥也在牵挂着她。心有所属，爱有所依，这样的人生多么美好啊！

有时候，思念也会太苦，容若与惠儿便想方设法避开众人，悄悄私会。月光下、回廊里，两人紧紧拥抱，相看两不厌，诉不尽相思眷恋。

一次约会的时候，容若要把自己随身佩戴的美玉送给惠儿。惠儿把玉捧在手心里，左瞧瞧右看看，抚摸良久，但最后还是还给了容若。这是表哥的护身之物，须臾不可离身。表哥有这份心，惠儿已是感激不尽。

"惠儿，想不想哥哥？"

"哥哥说呢？"

"哥哥不知道才问的啊！"容若装傻。

"惠儿时时刻刻在想念哥哥。"

容若无言，把惠儿紧紧抱在怀里。这样的时刻，心满意足，心醉神迷，分不清天上人间。

总以为这样的春花秋月将无边无际，却不料突然会有一天，情势急转，棒打鸳鸯。

二

这一年，惠儿已经年满 15 岁，正是及笄之年。及笄，就是到了头发可以插簪子的年龄，开始谈婚论嫁了。

容若偶然听说惠儿马上要被送进宫中参加选秀，有如晴天霹雳，大吃一惊。

大清自顺治朝就有规定，凡满、蒙、汉军八旗官员及另户军士、闲散壮丁家中年满 14 至 16 岁的女子，都必须参加三年一度的备选秀女，17 岁以上的女子不再参加。

惠儿多么希望自己不要去参加什么选秀啊！她只渴望可以一辈子与心爱的容若表哥结成连理，永不分离。而容若自然更加盼望能够名正言顺地迎娶惠儿。

然而选秀之事一起，阴影顿生，两人变得无比凄惶。

容若试探着将心事说给母亲听。

"娘，惠儿能不能不参加选秀，不去皇宫？"

“傻孩子，这是大清朝的铁律，不能不去，否则就是欺君之罪，要灭九族的啊！”

“娘，你就不能想想办法？惠儿这一去，可能就回不来了。”

“惠儿肯定是回不来了。我们的惠儿天生丽质，又知书识礼，定然会被宫中留用。娘没办法可想，何况，这其实是我们家的光荣啊！”

“可是娘，孩儿舍不得惠儿。”

“舍不得也没办法。娘会做主，尽快给容若娶一房好媳妇。”

“容若不要媳妇，只要惠儿。”

“容若休说傻话，惠儿根本不该属于你。何况这孩子命太硬，早早死了爹娘，不算有福相，娘会给你找个有福气的好媳妇。”

“容若不要别人，若没有惠儿，容若宁愿终身不娶。”

“容若，你说的什么话？怎能如此大逆不道？你爹爹要是知道，小心打断你的腿！”

惠儿根本不是爱新觉罗氏心中的儿媳人选，更何况，谁敢跟朝廷对抗？家有适龄女子而不送去选秀，那是欺君之罪，是要灭九族的。爱新觉罗氏经历过被抄家的痛苦，知道皇命难违，绝对不能以身试法。

容若也哭着求过老祖母，可是老祖母同样爱莫能助。她心疼孙儿，把孙儿搂在怀里说：“惠儿呢，她有自己的命。容若，老祖宗一定帮你选一个好姑娘，比惠儿好百倍千倍。”

容若抱着老祖母，泪流满面。

惠儿被迫为参加选秀做准备，两人相见更难了。终于找到机会，好不容易约定避开众人半夜相见，却是执手相看泪眼，无奈断肠。

天要亮了，再不分别，就会被人发现。两人这才一步三回头，叹息着分开。

浣溪沙[1]

容易浓香近画屏，繁枝影著半窗横。风波狭路倍怜卿。

未接语言犹怅望，才通商略已瞢腾。只嫌今夜月偏明。

这一天，是惠儿要被送进宫里去的日子。

化妆的时候，惠儿拼命想控制住自己的情绪，一遍又一遍命令自己:“不能哭！不要哭！”可她脸上的脂粉一次又一次被泪水晕湿，不成模样。别人只知道惠儿舍不得离开舅舅家，却不清楚惠儿只是舍不得容若哥哥。

惠儿的命怎么这样苦呢？失去亲人，孤苦伶仃，寄人篱下，处处小心，好不容易有个哥哥爱护，现在又要离开哥哥，去那深似苦海的宫里。听说有的女子一入宫门，便一生一世被关在里面，再也不能出来；还有的一进去，就受尽欺凌，含恨身亡。当然，也有得到君王宠爱的，可是，君心难测，谁知道什么时候又会失宠？甚至被打入冷宫？等待她的，究竟会是什么样的命运？

进了轿子，惠儿更是伤心欲绝。此次别后，是否还能与容若表哥重逢？就算再度相逢，又能如何？也不过是一场愁梦。女儿心事，有谁能懂？

她在心底无声地呐喊：“容若哥哥，没有你，我该怎么活下去？容若哥哥，你在哪里呀？怎么还不赶快来见见我？哪怕我们一句话都不说，让我再看你一眼，也是好的。容若哥哥，你快来啊！快来啊！

[1] 此亦为纳兰词。

再不来，惠儿就见不到你了！”

容若本该与惠儿依依惜别，却一大早就被母亲打发出去骑马了。也许母亲是怕容若和惠儿当众失态，遭人闲话，才刻意做此安排。

待容若骑马归来，佳人已去，容若空自断肠。

悲伤时刻，唯有诗词可做排遣。

然而容若早期诗词留存下来的不多，成年后的一些词，极可能不少是为表妹而作。即便并非完全为表妹一人而作，此情此景，总有相通之处。然而这毕竟是容若内心的隐痛和秘密，我们阅读纳兰诗词，自行揣测，意会就好，也就别再苦苦追问真相了吧！事实上，所有对诗词、对文学作品的解读，都可能是误读，不是说一千个人心里就有一千个哈姆雷特吗？

河传

春浅，红怨，掩双环。微雨花间昼闲，无言暗将红泪弹。阑珊，香销轻梦还。

斜倚画屏思往事，皆不是，空作相思字。记当时，垂柳丝，花枝，满庭蝴蝶儿。

减字木兰花

相逢不语，一朵芙蓉着秋雨。小晕红潮，斜溜鬟心只凤翘。

待将低唤，直为疑情恐人见。欲诉幽怀，转过回廊叩玉钗。

虞美人

曲阑深处重相见，匀泪偎人颤。凄凉别后两应同，最是不胜清怨月明中。

半生已分孤眠过，山枕檀痕涴。忆来何事最销魂，第一折枝花样画罗裙。

是啊！最是不胜清怨月明中，多少回魂梦与君同！

惠儿入宫之后，纳兰容若识尽愁滋味，眉间、心上，抑郁难遣，渐成心病。假如他生活在当代，身边也许会有人善意提醒：“容若，你是不是得了抑郁症？”

遥想那些穿花拂柳的日子，遥想折下一枝花样用来绣在罗裙上的时刻，就这样倏忽飞逝，一去不复返。

深宫里的表妹，你过得好吗？月上柳梢的时候，你还记得你的容若哥哥吗？多希望这一生永远像我们刚刚相见的时刻，那么美好动人。

木兰花

人生若只如初见，何事秋风悲画扇？
等闲变却故人心，却道故人心易变。
骊山语罢清宵半，泪雨零铃终不怨。
何如薄幸锦衣郎，比翼连枝当日愿。

「第五章」　莫为繁花又断肠

有人说真爱只有一次，
有人说爱情不能用次数来衡量，
遇见什么样的人，就拥有什么样的爱情。
惠儿当然爱容若，那是青春岁月里萌动的初心。
然而惠儿更懂得接受命运，何况，
有几个女子，能有幸与一代明君相伴？
惠妃如果足够聪明，当然会把容若埋在心底，
同时被康熙大帝折服，对他产生深深眷恋。

一

惠儿入宫之后，起初的日子着实凄凉。

虽然她秀外慧中，一副惹人爱怜的模样，可是入选进宫的女子，有几个不是姿容俏丽令人惊艳？在宫中，有倾国倾城之貌，固然是

资本，然而容貌能有几时新鲜？很多时候，真正过硬的资本是女人身后的实力及背景，是女人自己的性格、情商和智慧。

惠儿未及笄便父母双亡，舅父明珠是她唯一的背景和依靠。根据刘德鸿先生所著文章《康熙帝之惠妃与纳兰性德的婚前恋人》中认为，惠儿初入宫时，地位并不高，低于“嫔”，只是贵人、常在、答应中的一个，在复杂的深宫难免容易受欺负，平白无故要受很多委屈。

更加让她难过的是她和表哥容若的生生别离。即使白天惠儿在人前强露欢颜，可一到夜里，相思便会痛断肝肠。这些情景，容若是能够料想得到的。

采桑子

彤云久绝飞琼字，人在谁边，人在谁边，今夜玉清眠不眠？

香销被冷残灯灭，静数秋天，静数秋天，又误心期到下弦。

清平乐

风鬟雨鬓，偏是来无准。倦倚玉阑看月晕，容易语低香近。

软风吹遍窗纱，心期便隔天涯。从此伤春伤别，黄昏只对梨花。

容若和惠儿，那时候真是一种相思，两处愁肠。

即使从不主动靠近皇帝，美丽而又忧郁的惠儿还是引起了康熙的注意。

也许是在御花园偶遇，也许是在人群中多看了一眼，甚至不排除惠儿终于想明白，费了心思有意吸引康熙的眼球。康熙注意到她举止娴静，似乎从不刻意逢迎他，甚至还有意无意地回避他。偶尔问答几句，康熙发现她蕙质兰心，知书识礼。这样的女子，让帝王心动。

终于有一天，皇帝指定惠儿承欢。

聪明俊秀的惠儿性格乖巧可喜，从此深得君王宠爱，地位逐渐升高。

前些年播放的尤小刚导演的电视连续剧《康熙秘史》中，开篇第一集，两个女主角——惠儿和鳌拜的女儿青格儿都爱纳兰容若，康熙一开始就视纳兰容若为情敌。毫无疑问，这其中有极少部分史实，更多的是虚构和夸张。

我们先来看看康熙其人，康熙比纳兰容若只大八个半月，是容若的表兄。

这位以在位时间最长而著称的史上非常有名的皇帝 8 岁即位，在位 61 年。他为政勤勉，16 岁时便智擒鳌拜，一生中撤剿三藩、南收台湾、北拒沙俄、西征蒙古，说他是中国历史上极为出色、极为英明的皇帝，一点儿也不为过。

笔者从康熙五十六年（1717 年）的谕旨以及康熙三十六年（1697 年）康熙帝写给总管太监顾问行的信中摘出一些句子：

朕自幼强健，筋力颇佳，能挽十五力弓，发十三握箭，用兵临戎之事，皆所优为，然平生未尝妄杀一人……幼龄读书，即知酒色之可戒，小人之宜防。

谕顾太监：哈密回回送噶尔但贼子所带来的土物，惟晒干甜瓜，其味甚美。今随报带去，又恐不知用法，故特书之于左：先用凉水或用热水洗净，后用热水泡片时，不拘冷热，皆可食得。其味相鲜瓜，水似桃干蜜水。有空处，都用葡萄添了。尔等传知妃们，物虽微而心实远也，不可为笑。

三月初七日

谕顾太监：朕在黄河边上，与蒙古诸部落日日顽笑，心神爽健。朕出外最多，未似这一次心宽意足。尔传与里边，不必挂念。自黄河边上，走张家口至京九百余里，若走沙河口，大通至京，一千二百余里。朕使人到宁夏，寻得食物米面等物，面比上用面还强，葡萄甚好。此处与边墙相近，所以诸物都有，只恨不冷，河不冻，难以行走。尔等在家反为朕怕冷，实为可笑。初二日报，到上流五十里地，名席尔哈，结冰成桥二道，约一里有余，下下全无结冰处等。朕使人去看，果是如此，也是一件奇事。

（注：未写日期）

谕顾太监：前者朕有言“心实除贼，意不虚发”之句。今噶尔但已死，其下等人俱来归顺。朕之大事毕矣。朕两岁之间，三出沙漠，栉风沐雨，并日而餐。不毛不水之地，黄沙无人之境，可谓苦而不言苦，人皆避而朕不避。千辛万苦之中，立此大功……今蒙天地宗庙默佑成功，朕之一生，可谓乐矣，可谓致矣，可谓尽矣。朕不日到宫，另为口传，今笔墨难尽，书其大概而已。特谕。

四月十七日

不难看出，康熙既关心宫中女眷的饮食起居，又致力于建功立业。这字字句句，让一位侠骨柔肠、胸怀大略又心细如发的君王跃然纸上。

自古美女爱英雄，在惠儿心中，容若表哥虽然是初恋，她确实真心爱过他，然而既已入宫，又得到皇帝宠爱，她渐渐决定接受现实，把容若表哥藏在心中一个柔软的角落，转而面对自己的命运，用心侍奉皇上。她这样做，完全是可以理解的，也确实是聪慧的。

情感也许是容若心中的大部分，甚至可以是全部，但它只是康熙生命中的一小部分。对康熙而言，经天纬地的政治、大清王朝的大好河山，才是他真正专注的爱情。他不可能对女子、对情感过于用心。何况帝王后宫佳丽无数，更难对某一个人专情。

康熙知道惠儿是纳兰明珠的外甥女，是容若的表妹。但宫中女子，大部分是皇亲国戚或者大臣亲属，惠儿的身份实在很正常。也许正因为如此，出于对明珠的信任，对容若文才的欣赏，康熙视惠儿与别人不同，加上惠儿本人天生丽质又懂得用心，康熙后来封她为惠妃。

至于野史说康熙视容若为情敌，也有杂谈说康熙和容若有断背之情，怎么说呢，我的观点是，世间之事，有时候真的只有天知、地知、当事人知。有时候，真相永远不会被外人得知。你要怎么想，别人要怎么想，那是你的事，是别人的事，本人不打算对此进行猜测。

每个人的内心都有秘密的处所，都有灵魂的幽暗角落，埋藏着不想为外人知道的事物。心理专家武志红说："树冠伸向天空，树根植入黑暗。这也是我们生命的譬如，我们不仅要正能量，要奔向阳光，我们也要深入潜意识的黑暗，拥抱自己生命的阴影，那是无比重要的滋养，甚至，比所谓正能量更重要的滋养。"我对此深表认同，每一个生命都有阴影，有黑暗面，这些暗能量同样是生命中无比重要的滋养。

这恰恰是人类神秘的、充满魅力的地方，否则一切摆在桌面上，任众人随手捡拾，难免显得浅薄、单调，反倒让人觉得索然无味。

二

表妹进宫之后，容若每天除了学文习武，一度靠喝闷酒聊以度日。

宋代范仲淹曾写“明月楼高休独倚，酒入愁肠，化作相思泪”，并非矫情。有时候甚至根本没有喝酒，只是想念一个人，也会想得痛彻心扉，泪湿青衫袖。

你的一生是否曾经因为想念一个人而悄悄落泪？如果没有，我要这样说，那是因为你没有真正爱过，没有深深地思念过，你不懂得爱一个人的真正滋味。

至少，可以断定，你的感情体验不是太深。

有人说，爱是永无止境的饥渴。不见惠儿，容若成日里又饥又渴，总想要设法见见表妹，安慰自己的相思之苦。

据说容若曾经借助宫里办一场法事的机会，化装成喇嘛，悄悄进宫去见了表妹一次。当时容若别无他求，只为求见表妹一面。只看一眼，似乎就可以消解他多日的相思愁烦。在那样的场合里，宫里妃嫔及宫女众多，宫女们的穿着打扮区别又不大，容若东张西望，只觉眼花缭乱，找了半天，才远远看了表妹一眼。而表妹也认出了他，当时身子一颤，险些摔倒。两个人只是互相望望，然后就默默分开了，话都没有机会说一句。然而对他们来说，这已是莫大的安慰。

这样一个故事，我不想去评判它的真实性，只觉得，这确实是有可能的，也是可以理解的。一个被思念折磨得几近疯狂的年轻人，完全有可能冒险去这么做。

容若已经明白，这一生，惠儿成了他的镜花水月，从此可望而不可即。最多只能在心里苦苦相思。

那些日子，容若毫无生气，他觉得自己的心已经附着在表妹身上，随着表妹进了深宫高墙。他甚至相信自己穷此一生，不会再有真正的爱情，不可能再爱上别人。

然而真实的世界，往往不见得是我们自己想象的那样。

如果遇见对的人，灰烬也会重新化作肥料，催开新的爱情之花。

当然，只是容若当时无法料想未来。

先一起品品容若的悲伤：

采桑子

冷香萦遍红桥梦，梦觉城笳。月上桃花，雨歇春寒燕子家。

箜篌别后谁能鼓，肠断天涯。暗损韶华，一缕茶烟透碧纱。

采桑子

桃花羞作无情死，感激东风。吹落娇红，飞入闲窗伴懊侬。

谁怜辛苦东阳瘦，也为春慵。不及芙蓉，一片幽情冷处浓。

忆王孙

暗怜双绁郁金香，欲梦天涯思转长。

几夜东风昨夜霜。减容光，莫为繁花又断肠。

「第六章」　澄海楼高空极目

纳兰容若以词名世，以情动人。

然而他并非一味沉溺于风花雪月。

“补诸生，贡入太学”，短短七个字，

就是一段彰显容若文武双全的佳话。

一

先说一段必需的题外话。

近代学者王国维在《人间词话》里有三境界之说：

古今之成大事业、大学问者，罔不经过三种之境界：“昨夜西风凋碧树，独上高楼，望尽天涯路”，此第一境也。“衣带渐宽终不悔，为伊消得人憔悴”，此第二境也。“众里寻他千百度，蓦然回首，那人却在，灯火阑珊处”，此第三境也。

这三境界之说得到广泛的认同和赞誉。我是在读高一的时候听一位政治老师在课堂上说起这三境界的，一听便被吸引，深以为然，此后就牢牢记住了。

先来看看这三境界的出处。

第一境：昨夜西风凋碧树，独上高楼，望尽天涯路。

语出北宋宰相、著名词人晏殊《蝶恋花》：

槛菊愁烟兰泣露，罗幕轻寒，燕子双飞去。明月不谙离别苦，斜光到晓穿朱户。

昨夜西风凋碧树，独上高楼，望尽天涯路。欲寄彩笺兼尺素，山长水阔知何处。

第二境：衣带渐宽终不悔，为伊消得人憔悴。

语出北宋著名词人、婉约派代表柳永《蝶恋花》：

伫倚危楼风细细，望极春愁，黯黯生天际。草色烟光残照里，无言谁会凭阑意。

拟把疏狂图一醉，对酒当歌，强乐还无味。衣带渐宽终不悔，为伊消得人憔悴。

第三境：众里寻他千百度，蓦然回首，那人却在灯火阑珊处。

语出南宋词人辛弃疾《青玉案·元夕》：

东风夜放花千树，更吹落，星如雨。

宝马雕车香满路。凤箫声动，玉壶光转，一夜鱼龙舞。

蛾儿雪柳黄金缕，笑语盈盈暗香去。

众里寻他千百度，蓦然回首，那人却在，灯火阑珊处。

应该说这三首词本来就是中华民族的文化瑰宝，字字珠玉，千古流传。经王国维这么一提炼，一组合，构造成一件难得的兼具艺术性和思想性的珍品，更加令人难忘。

之所以要摆出这段题外话，其实还是为了更加了解容若。

本章标题出自容若《浣溪沙·姜女祠》：

海色残阳影断霓，寒涛日夜女郎祠。翠钿尘网上蛛丝。

澄海楼高空极目，望夫石在且留题。六王如梦祖龙非。

登高望远，特别容易感怀身世，激发自己内心的凌云之志。这也是王国维将“独上高楼，望尽天涯路”列为第一境界的一大缘由。

尽管容若的这首词依然充满着我们都熟悉的哀愁气息，但本章引用词中的一句，其中的意图不是为了关注容若的愁，而是要借容若的登楼之举，还原一个登高望远、意气风发、令人惊叹的少年公子，让人们对容若有一个客观而立体的了解：容若是一个极为优秀的全能青年，并非只懂风花雪月，更不是成日里只会吟诗作赋。

可以说，撰写诗词只是容若的一个业余爱好，只是他自我心理调整的一个渠道，也是他内心的一种安慰和寄托。容若的本意，其实还是想积极入世、大展宏图的。只不过，世间之事，“有心栽花花不开，无心插柳柳成荫”，很多时候都是如此。

二

前面已经说过，关于容若生平事件的历史资料非常有限，然而中国社会科学院研究员刘德鸿先生熟知清代历史，他根据史料中关于容若的只言片语，在《清初学人第一—— 纳兰性德研究》一书里，对于容若的求学生涯，给我们提供了一个翔实可信的脉络。

在清代，并没有像今天这样已经全面普及的教育儿童的专门初级学校，而是由官家富户自行聘请教师在家教授子弟，或设私塾兼收亲友孩童就学。容若就是在家里读书，起先主要在老师带领下诵读《百家姓》《千字文》《三字经》《龙文鞭影》《童蒙须知》等启蒙读物，而后跟丁腹松学习四书五经。

容若非常爱学习，对老师也是敬爱有加，这一点从下面这个小故事里可以看出端倪。

康熙十一年（1672 年），容若应顺天乡试考中举人后，在举行鹿鸣宴前去谒见主考官徐乾学等人，当时仪式繁缛，人多杂乱，那次是容若跟徐乾学第一次见面，没说上几句话，但他们此前彼此都已经听徐元文说起过对方。容若见到徐乾学，喜形于色，《通志堂集》卷十三《上座主徐健庵先生书》中记载：

入而告于亲曰：“吾幸得师矣！”出而告于友曰：“吾幸得师矣！”梦寐之间，欣欣私喜曰：“吾真得师矣！”

这位“师”，就是指徐乾学。

“吾幸得师矣！”“吾真得师矣！”短短几句话，容若对于遇到良师的欣喜之情，以及憨态可掬之情状，全都跃然纸上。

若说这位徐乾学，确实值得大书一笔。本书前文已经简单介绍过“昆山三徐”，即徐乾学和二弟徐秉义、三弟徐元文，他们都是明清之际著名学者顾炎武的妹妹顾氏所生的孩子。顾氏学问超群，对孩子教育极其严格，三兄弟先后中状元、探花，此后成为朝中重臣，每每奉命为朝廷选拔人才。

这位徐乾学不仅自己满腹经纶，还以慧眼识珠著称，这里有一个故事。一份被其他考官作为不予录取的“落卷”弃置一旁，而徐乾学看到这份考卷后，认为考生观点独到，应列为佳卷。后来这位考生中了状元，最终官至礼部尚书。

也难怪容若得徐乾学为师，忍不住喜形于色。

如此求师若渴，热爱学习，加上天性聪颖，容若的求学之路自然是一路绿灯，我们来看他的老师徐乾学所写《通议大夫一等侍卫进士纳兰君墓志铭》当中极为关键的七个字：“补诸生，贡入太学。”

所谓“补诸生”，就是补选满族学员入顺天府，和汉族生员一起学习。其中程序非常复杂，考试很严格，能够入选是很不容易的。

据《清世祖实录》卷五十五记载，顺治八年（1657 年），吏部奏准“旗下子弟，率多英才，可备循良之选。但学校未兴，制科未行耳。先帝在盛京，爱养人才，开科已有成例，今日正当举行”。

又据《八旗通志》初集卷四十八记载，康熙六年（1667 年）又题准：“八旗下有愿作汉文考试者，各都统开送礼部，移送顺天学院。”“文优者即入顺天府汉生员额数内。”

容若“补诸生”在顺天府的学习情况，没有记载。不过，顺天府的学习内容是四书五经和八股文及有关律令，设有月课和季考，试卷需送学政查核。学政举行岁试和科试，根据成绩优劣，分为六等，对学生进行奖罚。容若早已熟读四书五经，自然成绩优秀，在顺天府学习时间很短，很快便进入了当时封建统治阶级培养人才的最高学府——国子监。

所谓容若“贡入太学”，根据《清世祖实录》卷六十八记载，康熙十年（1671 年），朝廷议准：“八旗新旧生员内，通行选拔文行皆优者。满洲、蒙古起送二名，汉军起送二名，入监肄业。”容若在这一年年方 17 岁，贡入太学，显然是文行皆优者之一。

清初遴选官学生的标准是：“无论官兵子弟，不许瞻徇情面，择其资性颖秀，可以读书上进者。”而且这样的选拔非常严格，若非文才超凡，确实很难脱颖而出。容若出众的文才加上行云流水般飘逸的书法，得到国子监官员的一致好评。

有人认为，容若之所以入选，应该是沾了他父亲明珠的光。这是非常片面的认识，因为当时明珠在朝廷内虽然已经官至兵部尚书，但比他更显赫的满族官员也是大有人在，他们都有孩子。如果不是容若本人饱读诗书而又精于骑射，是很难“补诸生，贡入太学”的。

至于容若中举，取得举人头衔，则对于纳兰一家甚至整个满族都有重要意义。因为当时满族文化远比汉族落后，清军入关之初，为了照顾满、蒙生员，实行的是满、蒙生员与汉族人分试、分榜制，康熙八年（1669 年）才并试并榜，而容若于康熙十一年（1672 年）中举，确实不易，所以容若被称为“清初学人第一”。

以王国维的三境界说来看容若，起初，容若并不知道自己的前路何在，只是勤奋苦学，在父辈师长的启发下，上下求索，慢慢寻找自己的发展方向，也许以参加科举考试寻求金榜题名为人生目标之一，这一阶段人们往往大同小异，所谓“独上高楼，望断天涯路”；继而，容若由于自己的天赋以及内心需求，加上结交了一帮写诗填词的好友，对写词极为热衷，与此同时，他对自己御前侍卫的身份尽管并不格外认同却也尽心尽力，颇得康熙皇帝赏识，此为第二境界，所谓“衣带渐宽终不悔，为伊消得人憔悴”；至于第三境界，容若壮年便猝然辞世，我们可以理解为他没有来得及达成。

看到这里，我们就明白了，即使容若悄悄与表妹惠儿初恋，事实上，他是非常有追求有抱负的一个人，学业从来没有被耽误过。容若绝对不是一个一天到晚只懂风花雪月、只会寻愁觅恨的无为人士，而是前途光明的有为青年。

只不过，一个不小的挫折又在命运的前方等待着容若。就在马上要参加廷试的关键时刻，容若得了一场被称为寒疾的重病。

这场病，也许只是容若偶感风寒，也许是因为他和初恋情人劳燕分飞，心情过于低落，导致抵抗力下降而引发。

那么，容若患病究竟是不是由心病引发的呢？

「第七章」　多情自古原多病

爱情的力量，可以将人带入天堂，

也可以将人打入地狱。

容若那场大病，究竟是为了谁？

情种容若特意写了一首《临江仙·谢饷樱桃》。

这樱桃，又是谁送的？

一

爱情的力量到底有多大？真的那么不可思议吗？

也许你听说过 19 世纪英国著名诗人勃朗宁夫人的故事。

伊丽莎白·芭蕾特·勃朗宁出生于旺族之家，15 岁那一年，她骑马的时候不慎从马背上摔下来，损伤了脊椎，从此卧病在床，下楼都要有人抱下来。

厄运似乎紧紧缠绕着她。22 岁那年，伊丽莎白失去了母亲；

32 岁那年，她最喜爱的弟弟爱德华溺水身亡。一连串的打击使得伊丽莎白的日子了无生气，她仅仅凭借诗歌苦度年华。

39 岁这一年，伊丽莎白迎来了生命的曙光。由于伊丽莎白的诗集出版后广受欢迎，加上她在诗集里赞赏勃朗宁先生的近作《石榴树》，这使她获得了勃朗宁的友谊，两人素未谋面，一直鸿雁传书。勃朗宁喜遇知音，爱慕之情在笔端流淌。

而伊丽莎白又惊又疑，根本不敢相信这份爱情，她已经瘫痪多年，又比勃朗宁大 6 岁，他怎么可能会爱上一个又病又老的女人呢？她矛盾极了，悲喜交织，不知所措。她内心深处非常自卑，却又狂喜于爱情的降临。

来看看伊丽莎白一首有名的十四行诗：

有一次，我想起，最早的希腊诗人曾经咏唱，
甜美记忆，宝贵、充满渴望的年华，
那些诗篇如同慈爱地分发礼物，
无论对幼弱还是长者。

噢，当我痴迷于他那古老的音韵，
听见，穿过泪眼渐近的魅幻之歌，
欢快，悲哀，忧伤的岁月……
那些，我自己的生命，因翻卷而交替。

阴影掠过，立刻惊动了我，
那哭泣，多么神秘莫测的状态，
来到身后，揪紧我的发丝，

一个声音克制低语，尽管我不住挣扎……

“猜，谁逮住了你？”——“死！”我说。

可是，银铃般的回音……“是爱！不是死。”

爱情傲视一切，产生了真正的奇迹，瘫痪在床 14 年的伊丽莎白居然自己站了起来，并且身体逐渐康复。

然而，不只是伊丽莎白起初不敢相信这份爱，伊丽莎白的父亲更是心怀疑虑，他竭力阻拦，对女儿大吼大叫，暴跳如雷。伊丽莎白悄悄离家出走，和心上人秘密结婚，随后以 43 岁高龄为勃朗宁生了一个孩子。这对冲破世俗观念倾心相爱的伴侣一起幸福地度过了十五年的甜蜜岁月。

一天晚上，时年 55 岁的伊丽莎白和勃朗宁说说笑笑，慢慢觉得有些困倦。她靠在丈夫怀里静静睡去，再也没有醒来。她面带微笑，因为这段传世的美好爱情而心满意足。

这个故事让我们看到爱情重建人生的伟大力量。与此对等的是，如果爱情失意，也会带来毁灭性的打击。古今中外，这样的故事太多了。

而纳兰容若承受的恰恰是爱情受挫带来的毁灭性力量。初恋情人入宫，自此生别离，对刚成年的容若来说是巨大的打击。

康熙十二年（1673 年），容若 19 岁。

三月，容若忽然罹患寒疾，病情严重到连廷试都无法参加。

我们有理由相信这场病和容若爱情遇挫有关。因与心爱的表妹分离，容若内心凄苦，郁郁寡欢，身体的抵抗力自然也就下降了。

这次寒疾来势凶猛，严重到了容若无法参加廷试的地步。容若卧病在床，心急如焚，却无计可施。

其实容若并非体弱多病，应该是没有注意调养自己。一旦没有节制地陷入悲伤、过度饮酒，都是疾病之源。

这次寒疾对容若的打击实在不容忽视。要知道，廷试三年才举行一次，一旦错过，就要三年以后才有机会。而且，能够参加廷试，是读书人过关斩将之后辛苦取得的资格，是一种荣耀。如果不是因为病得特别严重，容若绝对不会放弃这样的机会。

容若的心如同在苦水里泡过一般。佛说：人生有八大苦，生、老、病、死、爱别离、怨憎会、求不得、五阴盛。怎么容若一下子就占了人生一大半的苦？

我们来看看在这一年，容若写自己生病的诗和词：

幸举礼闱以病未与廷试

晓榻茶烟揽鬓丝，万春园里误春期。
谁知江上题名日，虚拟兰成射策时。
紫陌无游非隔面，玉阶有梦镇愁眉。
漳滨强对新红杏，一夜东风感旧知。

虞美人

黄昏又听城头角，病起心情恶。药炉初沸短檠青，无那残香半缕恼多情。

多情自古原多病，清镜怜清影。一声弹指泪如丝，央及东风休遣玉人知。

因多情而多病，因突发疾病错过三年一度的廷试，容若的空虚痛苦可想而知。

不过就在这个时候，病中的容若得到一份非常特别的礼物：一筐樱桃。在“不是人间富贵花”那一章中，我已经埋下了伏笔，让大家记住樱桃。

想必不少人对樱桃不会陌生。这种在我国北方比较常见的水果形状精巧，色泽鲜艳，酸甜可口，古人常常喻之以美女的红唇，谓之“樱桃小口”。

前些年在南方很少见到樱桃，南方人只是在图片上看到过樱桃的样子。近些年来，随着物流业逐渐完善与发达，不少物流公司直接将鲜果空运，不少国外的樱桃也在中国市场上出现，以至于在夏初，南方的大街小巷到处有人叫卖樱桃。既有人挑着担子四处游走，水果店里也能看到它红艳欲滴的身影。然而物以稀为贵，南方樱桃的价格是北方的三倍以上。

在容若生活的时代，送樱桃有什么用意？尤其令人好奇的是，究竟是谁送的樱桃？

我们先来读读容若答谢送樱桃的词：

临江仙·谢饷樱桃

绿叶成阴春尽也，守宫偏护星星。留将颜色慰多情，分明千点泪，贮作玉壶冰。

独卧文园方病渴，强拈红豆酬卿。感卿珍重报流莺，惜花须自爱，休只为花疼。

这首词用了许多典故。第一句“绿叶成阴春尽也”就暗含着一个故事：杜牧早年游历江南，曾遇到一位女孩，虽年龄还小，但杜牧惊为天人，于是毛遂自荐，与少女的母亲约定，让少女等自己十年再嫁。然人世间，世事茫茫难自料，十四年后杜牧官居湖州刺史，去寻访当年有约的少女，本以为会抱得美人归，但再度前去时，少女已经出嫁，而且有两个儿子了。杜牧惆怅不已，责怪少女的母亲，但是后者用十年之约相对，同样责备杜牧失信。杜牧默然怅然，写了一首诗：“自是寻春去校迟，不须惆怅怨芳时。狂风落尽深红色，绿叶成阴子满枝。”也就是说，“绿叶成阴春尽也”是从“绿叶成阴子满枝”化典而来的。

此外，还用了“守宫砂”“红泪”的典故，用来形容樱桃的颜色。

这首词大概说的是：

绿叶成阴，春天已经过去了。你送来的樱桃如同守宫的朱砂痣，那猩红的颜色正好用来安慰我的一番深情。每次看到这娇艳的红色，就让我想起传说中女子红色的依依惜别的眼泪。

我独自躺在病榻上，本来已是病体难支，更兼内心因为思念而无比饥渴。现在我强忍着内心的痛苦勉强拈几颗樱桃品味。但愿窗外流莺婉转的啼鸣能够向你传达我的感念，愿你珍重自己。别光顾着疼惜花朵凋零，更要懂得爱惜自己。

从这首词中可以品味到，小小樱桃，寄托了多少相思和深情。

新科进士发榜的时候也正是樱桃成熟的季节，据说自唐朝起，在北方，新科进士们逐渐形成了一种以樱桃宴客的风俗，是为樱桃宴。直到明清，风俗犹存。

这个时候送来樱桃，一来可以宽慰病中的容若，二来也可以当作一种勉励。

有人猜这樱桃跟感情、皇宫有关，也有人认为这樱桃是容若的老师徐乾学送来的。

我愿意大胆地猜想这樱桃是宫中的惠儿托人送给容若的，不然容若不会写：“惜花须自爱，休只为花疼。”表哥病了，表妹托人送水果慰问，不管是秘密赠送，还是没有太多遮掩，但也并未有意张扬地遣人送来，都是人之常情。

把《虞美人》和《临江仙·谢饷樱桃》前后两首词联系起来读，很容易做出这样的推测：容若起初希望不要让惠儿知道自己生病，“央及东风休遣玉人知”。然而玉人还是知道了，托人特意送来樱桃表示宽慰。容若心生感念，心潮起伏，特意作词一首以做纪念。

当然，所有的推测都只是推测，也许是徐乾学送的，也许是惠儿送的，也许另有其人，真相只有一个，知道的人也极其有限。樱桃被称为补血佳果，对于虚弱中的容若，无疑是强心剂。

事实上，送樱桃的究竟是谁，其实没那么重要。重要的是，病中的容若，有人安慰，有人心疼。有了这样的精神寄托和慰藉，容若的病渐渐地好了。有道是，苦难是最好的老师。也算因祸得福，容若学会了珍惜。珍惜身体，珍惜时间，珍惜感情。

容若的人生，开始了新的起步。

二

到五月，容若的身体终于好转。每逢三、六、九日，容若都会到徐乾学家里去听他讲书论史，天黑才回家。

在徐乾学和明珠的支持下，容若开始着手校刻《通志堂经解》，亲笔撰写了《经解总序》初稿。

容若不容自己有半点儿空闲，别人只道他勤奋，哪里知道，他不能闲。一闲下来，就会刻骨铭心地思念表妹，无比忧伤。

与此同时，20 岁的康熙正与大臣商议国家大事。七月，吴三桂、耿精忠等三藩代表疏请撤藩。

这三藩是指清初三个割据一方的汉族藩王，即云南“平西王”吴三桂、广东“平南王”尚可喜、福建“靖南王”耿精忠。清军应吴三桂求援进入山海关后，鉴于自身八旗兵兵力不足以和中原地域的广大势力抗衡，所以扶植了三藩军队，作为攻击李自成大顺军和南明偏安小朝廷的先锋，即“以汉制汉”的策略。

但全国统一后，三藩却已拥有过大的兵权、财权和地方政治影响力，一定程度上可以与朝廷分庭抗礼，成为清王朝统治的隐患。吴三桂此时已有谋反之心，假意上疏请求撤藩，试探朝廷的反应。

朝堂上，诸王大臣都说不可撤藩，否则得罪三藩势力，必将天下大乱。只有三个人力主撤藩，这三个人是户部尚书米思翰、兵部尚书明珠、刑部尚书莫洛，他们认为无论朝廷撤不撤藩，吴三桂都会谋反，不如干脆同意他的请求，先发制人。

年轻的康熙皇帝权衡之后，采纳了明珠他们这少数派的意见，做出撤藩的决定，战争随后爆发。

从这时候起，明珠成为康熙皇帝极为重视的臣子。

父亲的敬业精神打动了容若。在校刻《通志堂经解》的同时，容若还开始撰写《渌水亭杂识》，里面的内容涉及天文、地理、历史、政治、历算、宗教、文字、音韵、乐器、书法、美术、医药、奇闻逸事、西方科学知识等，可谓包罗万象。

眼见容若如此刻苦钻研学问，明珠欣慰之余，开始考虑容若的婚姻大事。父子间偶尔谈到这个话题，容若总是摇头，顾左右而言他。

明珠思虑着，这孩子，男大当婚，难道他就不想给自己娶个好媳妇吗？

「第八章」　一生一代一双人

一旦陷入情网，我们总期望永恒。

永恒是对这不确定世界的抗争。

若真心爱一个人，一生一世都是不够的。

欢笑是爱，落泪也是爱；

缠绵是情，苦恼还是情。

一

康熙十三年（1674 年）的某一天，洞房花烛之夜。

欢歌笑语和鼓乐声声都已停息，四周安静下来。

红烛摇曳，偶尔“哔啵”一声，烛光骤亮。

房间里一切都是新的，喜庆的大红色和金丝、银线的绣花令人眼花缭乱。但新房里却安静得过分，安静得让人心里窒息。

新娘子孤独地坐在床边，头上绣着鸳鸯的喜帕仍然没有被揭起。

她惶恐而又无助，不知道该怎么办。而新郎容若却向壁而卧，不见动静。

不！不要这样！这不是卢氏盼望中的新婚之夜，这不是她满心欢喜等候的新郎。红盖头里，卢氏的眼眶红了。

不是盛传纳兰公子文武双全、侠骨柔肠吗？不是说他天性善良、温柔敦厚吗？这样优秀的男人怎会在新婚之夜将自己的新娘如此无礼地冷落一旁？

卢氏一声叹息，心里凉了半截。

这声明显有些掩饰的叹息，容若听见了。

容若硬着心肠不理会新娘子的叹息，他独自向隅而卧，心绪纷乱。

这场婚事，明珠事前是征求过容若的意见的。

“容若，为父想让你迎娶卢兴祖之女为妻，可好？卢兴祖去世前，曾托付我照料他的妻儿。那女孩子虽然十一岁丧父，却很懂事。她姿容秀丽、性情温婉，百里挑一，难得的是，她颇为知书达礼，是一个好孩子。”

卢兴祖在顺治十八年（1661 年）外放广东巡抚之前，一直居住在北京，明珠和他同朝为官，两家住得也近，两人性情相投，相交甚笃。只不过康熙六年（1667 年）秋卢兴祖被革职，随后人也去世了。那一年，容若才 13 岁，而卢氏只有 11 岁。

容若默然。父亲认为好，他还能说什么呢？何况，今生不能和惠儿成亲，再要另娶他人，娶的是谁，又有什么打紧的呢？索性全凭父母做主吧！惠儿的入宫，在相当长的一段时间里，带走了容若内心的生机和活力。

明珠见容若不作声，知道他算是默许了，便选了黄道吉日，热热闹闹，吹吹打打，将卢氏迎进了纳兰家。

他知道以容若的条件，要另外觅个出生更好、家里更有势力些的女子，也是容易的。其实朝中不少有女儿待字闺中的大臣主动向明珠提过要结成亲家。不过明珠自己深有体会，他这辈子娶了爱新觉罗氏，夫人出身倒是极高贵，可她娇生惯养，性子太强，明珠没觉得自己娶了她有多幸福。也许给容若找个温柔的女子，懂得好生侍候郎君，才是容若的福气。明珠这才想起卢兴祖的女儿。卢兴祖在世的时候，就和明珠定过娃娃亲，只不过，当时他们只是口头说说，并没有过于认真。

洞房里，容若叹息，惠儿啊，如果眼前的人是你，该有多好！我们怎么就这么无缘呢？

突然响起女子低低哭泣的声音，起初极其细微，若非房间里过于安静，不容易听见。继而，那抽泣声无法抑止地变得更大，仿佛承载了极大的委屈。

容若一惊，马上坐了起来。转眼望过去，卢氏，这个无辜的女孩子，哭得肩膀一抖一抖的，却又拼命想压抑自己的哭声。

容若的心刹那软了。是的，这个女子，她并没有做错什么。

容若慢慢靠近自己的新娘，轻轻抱着她，缓缓揭开红盖头，见到新人的第一眼，容若不禁呆住了。烛光下，这哭得梨花带雨的女子，好娇艳啊！她肌肤胜雪，面皮细嫩，吹弹可破，如此让人心疼。

卢氏如同受惊小鹿一般，飞快地看了容若一眼，而后垂下眼帘，长长的睫毛覆盖在眼睑上，轻轻颤抖着，让人无比心动。她哽咽着说：“可是小女子有什么不好，让相公如此嫌弃？”

容若的心被刺痛了，他更紧地拥抱卢氏，喃喃道：“不，不，是容若不好，无端冷落了佳人。”

卢氏缓缓抬头，眼前的郎君剑眉星目、面如冠玉，一见之下便令人倾心，如同梦中人。容若的朋友曹寅后来曾在诗中写道：“忆昔宿卫明光宫，楞伽山人貌姣好。”这楞伽山人，就是指容若。

卢氏叹息着低语：“小女子命苦，很小就失去了父亲。如今嫁得夫君，夫君就是我的亲人。”话音未落，新的泪水又淌了出来。

容若捧起卢氏的脸，轻轻为她拭去泪花，他仿佛在卢氏的脸上看到了惠儿的影子。都是遭遇不幸，以至于小小年纪就失去父亲；都是性情温柔，有美丽可人的俏模样。

也许命运把卢氏送到容若身边，就是为了修复他失去表妹的创伤。

容若心里涌起一阵暖流，把卢氏紧紧抱在怀里。

关于卢氏，有人记述道：“夫人生而婉，性本端庄，贞气天情，恭客礼典。明珰佩月，即如淑女之章，晓镜临春，自有夫人之法……幼承母训，娴彼七襄，长读父书，佐其四德。”

从此容若把对惠儿的一番痴心悉数用到卢氏身上，命运总算给容若推开了阳光明媚的一扇窗，他和卢氏耳鬓厮磨、情深意笃，既有吟诗作对之乐，也有赌书泼茶之香。

这两个人简直是天生的一对。卢氏自小丧父，为人既有分寸，又难得地保留着一份童心；容若呢，他敏感温柔的天性，使得他永远保留着一颗赤子之心。他们心意相通，既能嘻嘻哈哈地玩儿在一起，也能安安静静地待着，有说不完的话题。

卢氏对容若可谓温柔体贴、关怀备至。容若晨起，卢氏就亲手端羹汤；容若夜读，卢氏便红袖添香。有时候容若熬夜熬得太晚，卢氏会柔声催他：“不要睡得太迟。”容若总说：“好了，好了，只有几行字就写完了。”有时候容若做功课太投入，学习完毕抬头一看，卢氏已经困得靠在桌边睡着了。他轻叹，爱怜地抱起卢氏，缓缓走向薄纱帐里。人间天上，夫妻恩爱，莫过如此。

这段时期，容若写了不少喜悦的诗篇。

四时无题诗

水榭同携唤莫愁，一天凉雨晚来收。

戏将莲菂抛池里，种出花枝是并头。

四时无题诗

追凉池上晚偏宜，菱角鸡头散绿漪。

偏是玉人怜雪藕，为他心里一丝丝。

浣溪沙

谁道飘零不可怜，旧游时节好花天，断肠人去自今年。

一片晕红疑著雨，晚风吹掠鬓云偏，倩魂销尽夕阳前。

容若和卢氏朝夕相处，感情一天比一天好。偶尔卢氏有个头疼脑热，容若会非常紧张，亲手给她喂药。两人自成婚以来，连拌嘴都是极其少有的事情，即使卢氏偶尔任性，跟容若赌气，只要容若深情地说一声：“娘子，不要跟我生气。”顺手把卢氏搂进怀里，那卢氏也就重又变得温顺乖巧了。两人的日子确实如蜜一样甜。

他们夏天赏荷，戏抛莲子；冬天折梅，插入铜瓶，享不尽的风流富贵。

月上海棠・瓶梅

重檐淡月浑如水，浸寒香一片小窗里。双鱼冻合，似曾伴个人无寐。横眸处，索笑而今已矣。

与谁更拥灯前髻，乍横斜疏影疑飞坠。铜瓶小注，休教近麝炉烟气。酬伊也，几点夜深清泪。

然而随着时光流逝，季节变换，一年之后，卢氏开始有了心事。

二

卢氏想要为容若生个孩子。

不用说封建社会的“不孝有三，无后为大”，当一个女人深爱一个男人，潜意识里最强烈的愿望之一，就是想为这个男人生孩子。

也许这是生物进化以及社会教化的结果。毕竟，男人与女人之间的联结，如果有了孩子，血脉相连，关系才会更稳定、更坚固，两人才更可能一生一世在一起。如果这段关系不以血脉为载体，没有形成坚不可摧的血缘关系，仅仅依靠荷尔蒙或者包括道德、精神在内的一些看不见的东西维系，彼此的联结确实会脆弱很多，变数也太多。

可是整整一年过去了，卢氏的肚子一点儿动静都没有。而这个时候，也就是康熙十五年（1675 年），21 岁的容若生平第一次做了父亲，给他生孩子的是庶妻颜氏。

论起这颜氏，其实她到容若身边早于卢氏。然而颜氏虽然姿色尚可，却识不得几个字，加上那时容若一门心思还在表妹身上，对她确实也比较疏忽。然而颜氏倒也不以为意，一直和夫婿若即若离。即使后来容若迎娶了卢氏，两个善良的女人也一直相安无事。

容若给长子取名富格，毕竟是自己的骨肉，看了自然欢喜，也就到颜氏那边走动得多了些。

卢氏看在眼里，急在心里，却无计可施。

容若见卢氏惆怅，明白她的心事，也常常设法博佳人一笑，让她宽心。

蝶恋花

露下庭柯蝉响歇。纱碧如烟，烟里玲珑月。并著香肩无可说，樱桃暗吐丁香结。

笑卷轻衫鱼子缬，试扑流萤，惊起双栖蝶。瘦断玉腰沾粉叶，人生那不相思绝。

这一天，容若回到家里，卢氏迎上去帮他脱下外套。容若把一只手揽在卢氏肩上，卢氏伸手拢在容若腰上，两人相拥着一起进入卧室。容若的另一只手一直藏在袖子里，直至进了卧室，容若才笑吟吟地说道：“夫人，请闭上眼睛。”

卢氏闻言，嘴角上扬，笑了起来，也不多问，乖乖闭上了眼睛。

容若将一样东西插到卢氏头发上，再把卢氏带到镜前。卢氏定睛一看，惊呆了，一支多美的翠翘啊！一望而知是用黄金和美玉雕刻成的一只鸾凤，稍稍转动头颅，那几串绿幽幽的珠子便随风而动，仿佛头上有鸾凤在拍打翅膀翩翩飞舞。从小到大，卢氏第一次看到如此精美的饰品。

“娘子，喜欢吗？”

“喜欢！真的好喜欢！”

“这是今年最流行的款式，我用了最好的玉给你定做的。宫里的妃嫔们戴的，也很少有比得上你这一支的。”

“谢谢夫君费心。”

卢氏抬手轻抚翠翘，心中柔情顿生。夫君的宠爱之心，一方面让卢氏觉得温暖；另一方面，她更想快些为容若生一个孩子了。

她执着地相信，有了孩子，她才更有安全感；有了孩子，她的命运才能紧紧和她心爱的男人连接在一起。

可红尘中，总有一些事，事与愿违。只不过大家都是肉眼凡胎，没有谁能提前预知自己的命运。

一天，容若和朋友打猎归来，兴冲冲地想要唤卢氏来看自己打到的猎物，却得知夫人去庙里烧香，还没有回来。

容若知道卢氏又是去庙里祈求能早日生下孩子，于是他去颜氏房里，陪富格玩耍了一会儿。在大人的逗引下，孩子已经会咯咯笑了，容若亲吻婴儿粉嫩嫩的脸，禁不住满心欢喜。

卢氏终于回来了，满脸疲惫，却有掩饰不住的兴奋神情。容若看着心疼，把卢氏抱在怀里说：“夫人，我们已经有了富格，你生不生孩子，都不要紧，别累坏了身子。”

卢氏笑着说：“我得了一个药方，据说连服两个月后，我们再同房，准能怀上孩子。”

“你在哪里得的药方？”

“是庙里的和尚告诉我的。我找和尚说的老郎中找了半天，累得不行，幸亏找到了。你看，还抓回这一大包药呢。”

康熙十五年（1676 年），容若再次参加廷试，这次他取得了二甲第七名进士的好成绩。

纳兰明珠大喜，容若自己也觉得扬眉吐气。

再过数月，卢氏终于有了身孕。

纳兰家看起来好事频频。

然而，塞翁得马，焉知非祸。

容若自然做梦也想不到，一场厄运随着卢氏肚子里的孩子一起在慢慢来临。

只是，谁也无法参透命运。

「第九章」　共君此夜须沉醉

有人说，如果一味沉溺在喜剧里，
也许喜剧会成为悲剧；
而如果从悲剧里走出来，
悲剧又会变成喜剧。
容若生命里，一段难得的喜上加喜的好日子，
谁知道这些喜事都意味着什么？

一

容若迎来了生命中少有的春风得意的好日子，简直可以轻狂地说：“万事皆好，只欠烦恼。”

这是康熙十五年（1676 年），容若 22 岁。

这一年容若生命中发生了至少三件大喜事。

第一喜，是金榜题名。

三月，容若参加殿试，中了二甲第七名进士。在殿试中，一甲取前三名，分别是状元、榜眼、探花，因而容若算是在殿试中考进了前十名。这是和汉族生员同题考试，能够取得这样的成绩，对于一个满族人来说，是极其难能可贵的。那一年，翁叔元、叶舒崇、高琯等同年及第；主试官为吴正治、李霨、宋德宜、田六善。

据法式善《清秘述闻》，张任政在《纳兰性德年谱》中所记此次廷试的试官及试题如下：

主试官：江夏吴正治当世、高阳李景霨霨、长洲宋右之德宜、阳城田兼山六善。

试题："君子义以"一节、"诚者天之"一节、"人有恒言"至"在身"。[1]

这是出自三部书的三道题，第一题出自《论语》，整句是："君子义以为质，礼以行之，孙以出之，信以诚之，君子哉！"

第二题出自《中庸》："诚者天之道也，诚之者人之道也。"

第三题出自《孟子》："人有恒言皆曰天下国家。天下之本在国，国之本在家，家之本在身。"

可能有人会觉得奇怪，这题目怎么居然不完整，只有四个字的提醒？因为在科举时代，考生们必须把四书倒背如流，只要提到两三个字，后面的内容必定张口就能成诵，自然也要知道是出自哪部书。

容若的书法和流水行云、鞭辟入里的文笔都让考官赞不绝口。

---

[1] 引号为后人所加。

作为一个满族人，能把汉语学得如此出神入化，足见容若不仅有天分，确实还下了不少功夫。

张榜那天，明珠府上车水马龙，前来道喜的人络绎不绝。而明珠人逢喜事精神爽，端的是合不拢嘴，心里乐开了花。

容若倒是沉得住气，他一直微笑着跟父亲一起招呼客人，并没有过度狂喜。

此次金榜题名在他自己的预料之中。三年前因病无法参试的遗憾，算是得到了补偿。

不过，这件喜事的结果有些奇怪。按照常理，容若中了进士，明珠又深得康熙器重，他应该得到重用才是。可是，容若却在长达一年多的时间里没有得到任何任职方面的消息。明珠婉转地向康熙提起过此事，然而康熙顾左右而言他，明珠是个聪明人，碰了软钉子，于是也只得闭口不提。

关于这件事，康熙皇帝是怎么想的，还真是让人看不透。关于这一点，以后再详细分析。

第二喜，是诗名鹊起。

春夏之交，容若经诗友介绍，结识了一个非常重要的朋友——顾贞观。

这顾贞观是个什么人呢？

此人自称“第一飘零词客”，明崇祯十年（1637年）出生于无锡，比容若差不多年长十八岁。

他的曾祖顾宪成，是晚明东林学派的领袖；祖父顾与渟，四川夔州知府；父亲顾枢，才高博学，为东林学派另一领袖高攀龙的门生。母亲王夫人也是生长于诗书礼仪之家。贞观“禀性聪颖，幼习经史，尤喜古诗词”，其兄弟姊妹都颇具才名。少年时代，贞观即参加了由吴江名士吴兆骞兄弟主盟的“慎交社”。在诗社成员中他年纪最小，却“飞觞赋诗，才气横溢”，与声望甚隆的吴兆骞齐名，并结为生死之交（请大家记住“吴兆骞”这个名字，另外的章节里，我还要着重讲一个跟他有关的故事）。

大约在顺治末年，顾贞观辞亲远游，到达京师，康熙元年（1662年）以“落叶满天声似雨，关卿何事不成眠”一句广为人知。

我们来看一首顾贞观的词：

满庭芳·用蔡友古韵

别院收灯，空楼倚笛，穿花漏点分明。飘来兰麝，蓦忽见云英。借与人间风月，瑶台路、特地逢迎。冰轮满，无端吹晕，直是妒娉婷。

相携寻旧约、玉颜丝鬓，种种堪惊。只几番离合，断送多情。欲问飞琼伴侣，尘根在，枉费丁宁。游仙去，一行清泪，为子误三生。

好个“游仙去，一行清泪，为子误三生”！确实是才子风范。

康熙三年（1664年），顾贞观任秘书院中书舍人。康熙五年（1666年）中举，改任国史院典籍，官至内阁中书。次年康熙南巡，他作为扈从随侍左右。在国史院任典籍期间，曾修订其曾祖顾宪成的年谱《顾端文公年谱》，又为其父编定文集《庸庵公日钞》。康熙十年（1671年），因受同僚排挤，郁郁不得志，最终落职归里。

用一句话概括，顾贞观是个才华横溢却不被俗世所容的人才。古今有才之人，极易恃才傲物，此为大忌。近代曾国藩有云：“天下古今之庸人，皆以一惰字致败，天下古今之才人，皆以一傲字致败。”此言不虚，也就是说，凡人要戒懒，有才华之人要戒傲。

而这顾贞观放浪形骸、恃才自傲，当然不为世人所容。

然而容若却和顾贞观一见如故，很快便成为忘年之交。

他们是在康熙十五年（1676 年）文友聚会时认识的，那时容若 22 岁，顾贞观 40 岁，彼此一见，视为知己。

在这次聚会里，容若为题顾贞观所绘《侧帽投壶图》写下一首《金缕曲》，一时间在京城众口传诵，众手传写。

这首词是这样的：

金缕曲·赠梁汾[1]

德也狂生耳。偶然间，淄尘京国，乌衣门第。有酒惟浇赵州土，谁会成生此意。不信道、竟逢知己。青眼高歌俱未老，向尊前、拭尽英雄泪。君不见，月如水。

共君此夜须沉醉。且由他，蛾眉谣诼，古今同忌。身世悠悠何足问，冷笑置之而已。寻思起、从头翻悔。一日心期千劫在，后身缘、恐结他生里。然诺重，君须记。

应该说容若的这首词流露了自己的真性情。他的诗词之所以大获称誉，还与当时的名士王士祯（号阮亭）有一定的关系。

其时王士祯诗作名扬天下，官位也不断迁升，是清初文坛公认的盟主，所有诗坛新人、文坛后辈到京城求名师指点作品，往往首先拜见王士祯，如能得其一言片字褒奖，就会声名鹊起。那王士祯也确实是识才、爱才之人。

王士祯本人的作品如何？让我们来看看他颇有影响力的一

[1] 顾贞观：清代文学家。原名华文，字远平、华峰，亦作华封，号梁汾。

首词：

浣溪沙·红桥

北郭清溪一带流，红桥风物眼中秋，绿杨城郭是扬州。

西望雷塘何处是？香魂零落使人愁，淡烟芳草旧迷楼。

应该说这首词确实华丽工整，几乎挑不出毛病。但笔者个人认为全诗没有独特的、让人惊艳的、过目不忘的东西。真正的才华，是可以镇住人的。

尽管如此，王士祯提携了不少文人及作品，还是值得肯定的。

比较典型的一个例子是，蒲松龄当时是落拓不第的文人，他撰写的《聊斋志异》起初不为人知，当蒲松龄经人介绍辗转找到王士祯时，王士祯大为赞赏，他仔细读过，同时在书上做了点评，所谓“加评骘而还之”，还赠诗蒲松龄：“姑妄言之妄听之，豆棚瓜架雨如丝。料应厌作人间语，爱听秋坟鬼唱诗。”随后，为了让《聊斋志异》出版，王士祯在该书上大书“王阮亭鉴定”，使得各家书坊争相求索书稿，刊刻此书，《聊斋志异》才得以名扬天下。

这让我想起前一阵流行过的一个段子，说人生要经历五大发展阶段：首先自己要行；其次要有人说你行；再次，说你行的人要行；然后，你说谁行谁就行；最后，谁敢说你不行。

看来一些人生规律，古往今来，大抵相同。

话说在康熙十五年（1676）年，王士祯称赏容若和马云翎两位新人，使得这两人声名鹊起，“文士争相延接”。然而后来王士祯与明珠有了矛盾，于是容若的诗词再也不见王士祯提起，甚至王士祯收集整理当时文人的文集里，也不见容若的作品。只不过历史长河大浪淘沙，是金子，总会发光，如今纳兰词的影响，已然远远在王士祯之上。这是当时的人无法预料的。

虽然容若与王士祯交情极浅，和顾贞观却缘深情重，成为终生好友。

像容若和顾贞观这样，一经相识，便肝胆相照，成为至交，实在是少数。顾贞观对容若的生活产生了非常积极的影响，无论诗词，还是情感。这是后话。

在顾贞观的影响下，容若在这一年开始把自己的部分词作集印为《侧帽词》。

“侧帽”这两个字，是什么意思呢？

二

侧帽的典故和一位名叫独孤信的美男子有关。

独孤信生于 502 年，卒于 557 年，本名独孤如愿，字期弥头，鲜卑族，云中（今山西大同）人，西魏、北周将领，这样一位文武双全的美男子，他的一言一行都是众人模仿的对象。

某天，独孤信出城打猎，不知不觉中天色已晚，他要赶在宵禁之前回到城中，便快马加鞭。就这样，一骑红尘，风声阵阵，他连头上的帽子被风吹歪了也不自知，估计知道了也来不及扶正。不明就里的人看到独孤信歪戴帽子的形象，觉得他看起来非常潇洒，为之倾倒。第二天，满街都是模仿独孤信侧帽的男人。

顾贞观和容若用“侧帽”这个典故的意思也就不言而喻了。

后来，容若的《侧帽词》还流传到了朝鲜一带。据阮葵生《茶余客话》记载：吴兆骞在宁古塔，行笥有《菊庄词》《侧帽词》《弹指词》三册，会朝鲜使臣至，以金购去，三人之词遂流誉外邦。

在经常聚会的这帮诗友中，有个人非常值得一提，他就是曹雪芹的祖父曹寅。曹寅比纳兰容若小三岁，生于顺治十五年（1658年），家道殷实，母亲孙氏是康熙的乳母，康熙为皇子时，曹寅也曾入宫担任康熙的侍读。

曹寅工诗词，广交名士，养戏班，造园林，刻精本书籍，容若和曹寅过从甚密。他们身边聚集了一大批名人雅士，比如姜宸英、严绳孙（字荪友）等人。

就在京城的诗人们饮酒作词的时候，南方三藩之乱战火正炽。有一次严绳孙回南方，容若撰写诗词以赠之。

容若对朋友的一片痴情以及希望立功疆场、上阵杀敌的愿望在这些诗词中表露无遗。

送荪友

人生何如不相识，君老江南我燕北。
何如相逢不相合，更无别恨横胸臆。
留君不住我心苦，横门骊歌泪如雨。
君行四月草萋萋，柳花桃花半委泥。
江流浩淼江月堕，此时君亦应思我。
我今落拓何所止，一事无成已如此。
平生纵有英雄血，无由一溅荆江水。
荆江日落阵云低，横戈跃马今何时。

忽忆去年风月夜，与君展卷论王霸。
君今偃仰九龙间，吾欲从兹事耕稼。
芙蓉湖上芙蓉花，秋风未落如朝霞。
君如载酒须尽醉，醉来不复思天涯。

水龙吟·再送荪友南还

人生南北真如梦，但卧金山高处。白波东逝，鸟啼花落，任他日暮。别酒盈觞，一声将息，送君归去。便烟波万顷，半帆残月，几回首，相思苦。

可忆柴门深闭，玉绳低、翦灯夜雨。浮生如此，别多会少，不如莫遇。愁对西轩，荔墙叶暗，黄昏风雨。更那堪几处，金戈铁马，把凄凉助。

对于同性诗友，容若居然也会发出这样的感叹：“人生何如不相识，君老江南我燕北。何如相逢不相合，更无别恨横胸臆。留君不住我心苦，横门骊歌泪如雨。”可见这纳兰公子确是情种、情痴。

八九月间，容若迎来了这一年的第三喜，即爱妻有孕。

卢氏确定自己果然怀孕的时候，真是喜不自胜，她把双手交叠着轻轻放在腹部，喜盈盈地第一时间把好消息告诉夫君。容若闻言，自然也是心花怒放。爱妻终于如愿以偿，确实是可喜可贺的一桩好事。

只不过，浮生如梦，祸福相倚，焉知会有怎样的祸患，包裹在这件大喜事的内核里？

「第十章」　绝塞生还吴季子

容若决定冒险营救素未谋面的吴季子，
仅仅因为被好友顾贞观填的两首词所感动。
这险可不是一般的险，
因为吴季子牵涉的案件是由先帝钦定的。
万一康熙龙颜大怒，
纳兰父子会吃不了兜着走。
所幸，时机来了，谋略对了。
容若树立了一个“视兄弟如手足”的典范。

一

“容若老弟，在下别无他愿，但有一事相求。”

每次酒酣之后，顾贞观都要郑重其事地求容若。求容若干什么呢？无非是求他设法营救吴兆骞，即吴季子。

吴兆骞此事，涉及一桩大案，说来话长。

那吴兆骞聪明过人，从小就能读懂极其深奥的《太玄经》，且过目不忘。人们盛传他自小就好动狂放、桀骜不驯。

有个小故事极具代表性。

小时候在私塾读书，吴兆骞居然取下稍显愚钝的同学的帽子小便，同学哭着去找老师告状，老师责问缘由，他毫无怯意，竟然理直气壮地回答："与其戴在俗人头上，还不如拿来盛小便。"老师摇头叹息："此子必惹大祸。"

由此可见吴兆骞狂放不羁之形状有多么出格，而老师也是一语成谶。

顺治十四年（1657 年）八月，吴兆骞去金陵（南京）参加江南乡试，凭自己的文才顺利地中了举人，这本来是件大喜事，却不料祸从天降。

同年十一月，一位常侍皇帝左右、备顾问应对的给事中，名为阴应节的人，参奏考场弊案，顺治皇帝闻之震怒，要求重新进行复试，并严加查办。于是，次年三月，吴兆骞赴京城到礼部点名时，即被差役拿下捆绑起来送往刑部下狱。

过堂初审之后，按顺治帝的决定重新进行复试。复试那天，本来就天寒地冻，考场上更兼刀光剑影，戒备森严，顺治帝又亲自坐镇考场，空气简直都凝固了，让人喘不过气来。不少考生胆战心惊、手脚冰冷，无法下笔。而吴兆骞这个奇葩干出来的事情匪夷所思，居然交了一张白卷。

关于吴兆骞交白卷一事，流传着三种解释：其一是说吴兆骞突得风寒，疾病缠身，不能落笔，故交了白卷；其二是说吴兆骞惊吓失常，心悸手抖，不能握笔，故交了白卷；其三是说吴兆骞将复试视为奇耻大辱，痛斥朝廷所为，掷笔不从，于是提交了白卷。

相对来看，我比较认同第三种说法，相信那固执骄傲的书呆子吴兆骞是将复试视为奇耻大辱，因而消极抵抗，故意交白卷。“掷笔”是有可能的，但至于是否“痛斥”，这就难说了。因为当时警戒如此森严，吴兆骞敢出言痛斥的话，估计交白卷的机会都没有了。

据说对于此事，顺治帝十分恼怒。清军铁骑横扫中原大地一统天下之后，江南文人怀明抨清，鼓动不满，顺治帝早有给予惩戒的想法。这次“南闱科场案”正好是一个送上门来的契机，而吴兆骞托病不从，交上白卷，简直是无视大清王朝的威仪，故此埋下祸根。

后来，此案主考官被处死，一大批考生受到牵连，而吴兆骞起初被判为死刑，幸亏有多名爱才官员在其中周旋，最终改判流放。

特定时期，大清王朝对稍有不满情绪的江南文人恣意罗织罪名，使其人头落地是司空见惯的事情，对吴兆骞特例不杀已经是皇恩浩荡了。于是，吴兆骞在顺治十五年（1658 年）12 月 22 日发配到边塞苦寒之地宁古塔。这一年，吴兆骞 28 岁。

当时京城文人以及江南才子们对吴兆骞的遭遇十分同情，赠诗话别，极为感人。其中以吴兆骞的师友吴伟业撰写的《悲歌赠吴季子》最为著名：

人生千里与万里，黯然销魂别而已。君独何为至于此，山非山兮水非水。生非生兮死非死。十三学经并学史，生在江南长纨绮，词赋翩翩众莫比，白璧青蝇见排诋。一朝束缚去，上书难自理。绝塞千里断行李，送吏泪不止，流人复何倚。彼尚愁不归，我行定已矣。

八月龙沙雪花起，橐驼垂腰马没耳，白骨皑皑经战垒，黑河无船渡者几？前忧猛虎后苍兕，土穴偷生若蝼蚁，大鱼如山不见尾，张鬐为风沫为雨，日月倒行入海底，白昼相逢半人鬼。噫嘻乎悲哉！生男聪明慎莫喜，仓颉夜哭良有以，受患只从读书始，君不见，吴季子！

此案发生的时候，容若尚且年幼，才三四岁。此时了解事情始末之后，容若深深知道，毕竟是顺治帝亲自治罪，想要救回吴兆骞，难度实在太大，风险也实在太大。想想看，伴君如伴虎，偶尔一点儿小差池，说错一句话或做错一件事，导致人头落地的情况实在太多了，何况要去推翻先皇的定案呢？

所以每次顾贞观说起营救一事，容若总是顾左右而言他。然而一日，顾贞观拿出自己为吴兆骞写的两首词给容若看。

金缕曲（二首）

寄吴汉槎宁古塔，以词代书。丙辰冬，寓京师千佛寺，冰雪中作。

其一

季子平安否？便归来，平生万事，那堪回首？行路悠悠谁慰藉？母老家贫子幼。记不起，从前杯酒。魑魅搏人应见惯，总输他，覆雨翻云手。冰与炭，周旋久！

泪痕莫滴牛衣透，数天涯，依然骨肉，几家能彀？比似红颜多命薄，更不如今还有。只绝塞，苦寒难受。廿载包胥承一诺，盼乌头马角终相救。置此札，君怀袖。

其二

我亦飘零久，十年来，深恩负尽，死生师友。宿昔齐名非忝窃，试看杜陵消瘦。曾不减，夜郎僝僽。薄命长辞知己别，问人生，到此凄凉否？千万恨，为君剖。

兄生辛未我丁丑，共些时，冰霜摧折，早衰蒲柳。词赋从今须少作，留取心魂相守。但愿得，河清人寿。归日急翻行戍稿，把空名料理传身后。言不尽，观顿首。

容若一读此词，就被顾贞观的手足深情深深感动了，简直要落下泪来。他马上允诺“河梁生别之诗，山阳死友之传，得此而三。此事三千六百日中，弟当以身任之，不需兄再嘱之”。

当时顾贞观听说容若要以十年为期来营救吴兆骞就急了，不觉屈膝一跪说：“人寿几何，请以五载为期。”

容若不觉也激情澎湃，慷慨赋诗一首《金缕曲》送给顾贞观：

金缕曲・简梁汾

洒尽无端泪，莫因他、琼楼寂寞，误来人世。信道痴儿多厚福，谁遣偏生明慧。就更著、浮名相累。仕宦何妨如断梗，只那将、声影供群吠。天欲问，且休矣。

情深我自拚憔悴。转丁宁、香怜易爇，玉怜轻碎。羡煞软红尘里客，一味醉生梦死。歌与哭、任猜何意。绝塞生还吴季子，算眼前、此外皆闲事。知我者，梁汾耳。

“绝塞生还吴季子，算眼前、此外皆闲事。知我者，梁汾耳。”

容若此番表态，可谓非常坚决。从这件事情足以看出容若是个既重情重义，又有勇有谋的人。他的见识确实非同一般。“此事三千六百日中”，说明了容若的远见、判断力和责任心。相信大家都见多了那种牛皮哄哄，动辄大包大揽，然后言而无信的人。

确实，营救先帝判罪之人，谈何容易？

二

容若一言既出，便开始了种种努力。最有能力施以援手的当然是自己的父亲——时任吏部尚书的明珠。

起初明珠并不动心，甚至对容若此举有些恼火，毕竟此事难度极大，又非常危险。更何况那吴兆骞对他们父子而言非亲非故，没有任何交情，连面都没见过。后来容若多次苦苦相求，顾贞观也上门求情，甚至不惜为此下跪，明珠这才答应尽力予以斡旋。

想那明珠何等智慧，何等有谋略，自然不会直接开口求康熙放人。也许是借跟皇帝甚至孝庄太后偶尔拉家常的机会，偶尔论及吴兆骞这件事，先探探皇帝和孝庄太后的口风；待发现孝庄太后以及康熙皇帝对吴兆骞等人并无反感，甚至还抱有同情，这才循序渐进，慢慢拐弯抹角地让皇帝自己对吴兆骞动怜悯之心。然后，也许是借某个机会，上朝的时候议及相关事宜，明珠授意自己的手下发布对吴兆骞等人有利的言论，慢慢来影响皇帝。这就是容若认为要以五年至十年为期的缘故。否则，如果莽莽撞撞直接开口要康熙放人，不但无法救吴兆骞，恐怕他们父子的小命也有可能难保。

与此同时，容若又多方联系文朋好友呼吁，与徐乾学等人筹措赎金数千，吴兆骞自己也终于为当年的恃才自傲充满悔恨，辗转献上《长白山赋》取悦康熙帝。

费尽周折，几经进退，在容若允诺的五年期限将至之时，也就是康熙二十年（1681 年），朝廷终于同意吴兆骞结束流放生活，可以入关回乡。

二十三年的流放生涯，吴兆骞由一名青年才俊变成沧桑憔悴的老弱之人，其中的苦辣酸甜滋味，只有他自己心知肚明。饶是如此，跟那些客死他乡的人相比，这已是不幸中的万幸。

吴兆骞历尽坎坷终于回到北京。顾贞观谦谦君子，并没有告诉吴兆骞自己向明珠求情营救他的过程。而且后来因为一些小事，吴兆骞跟顾贞观两人还有了小矛盾，彼此翻脸，不相往来。

不久，明珠便邀请吴兆骞当自己小儿子的老师。

这个当年桀骜不驯的文人简单收拾行囊来到明珠的寓所，当他走进书房时，看到“顾梁汾为松陵才子吴汉槎屈膝处”几个字，才明白了一切，不禁感动万分，声泪俱下。吴兆骞在顾贞观面前长跪不起，请求原谅。此后两人的关系牢不可破。

容若受朋友之托，尽心尽力营救一个素不相识的文人的时候，他丝毫也没有觉察到，自己挚爱的妻子居然很快要被无常的命运推到无力回天的深渊中。

「第十一章」 三载悠悠魂梦杳

总要在生离死别的时刻，
才真正懂得命运无常，
才真正明白生命脆弱而短暂。
据说死亡是生命的孪生兄弟，
它和生命相互存亡，
它就在你身边，虎视眈眈。

一

死去活来地痛了整整三天，卢氏已经快要奄奄一息了，而孩子还没有生出来。这时候是康熙十六年（1677 年）的春天，四月将尽，桃花已落，菜花正黄。

明珠府里一片忙乱。容若守候在产房外，表面上看起来也还镇定，心里却是翻江倒海，痛断肝肠。

皇宫里的御医已经守了三天三夜，明珠已经派人去另请北京城里最好的接生婆。

容若的母亲爱新觉罗氏嘴里不停地念佛，请求菩萨保佑。

最有经验的接生婆终于来了。

在人们焦急等待的时候，终于传来婴儿的一声啼哭。让人奇怪的是，那哭声并不响亮。

那时候女人生孩子是不让男人靠近的，当容若不顾一切地闯进产房的时候，他发现卢氏已经处于昏迷状态。

容若心如刀绞，一声声呼唤着自己的妻子，好不容易卢氏终于醒了过来，容若提到嗓子眼儿的心这才放了下来。

可是卢氏自从难产之后，总是病恹恹的，始终没有恢复健康。生下孩子一个月之后，噩耗传来，卢氏撒手人寰，而可怜的孩子也随后一命归天。

容若觉得天都塌了下来。

在世人眼里，纳兰容若是多么幸福啊！他轻易就拥有别人奋斗一辈子都无法望其项背的东西，锦衣玉食，功名富贵，似乎应有尽有。可是，他只想要自己心爱的人健康，好好活着，这么简单的愿望，为什么却不可得？

卢氏这一走，似乎从此带走了容若所有的欢乐。他觉得自己的心都死了，每天浑浑噩噩，不知道自己究竟是死是活。甚至，每次回到家里，呆立在房间里，动不动就会产生幻觉，似乎看到卢氏笑吟吟地端着茶杯向他走过来，而当他伸手想去接的时候，却发现，那只是一场空。

容若走着，仿佛卢氏就在身边，衣袂飘飘，跟着他走；容若坐着，仿佛看到那卢氏用手支着香腮，望着他微笑；容若躺着，总觉得卢氏香甜的呼吸还在耳旁轻响。

容若堂堂男儿，在人前，纵然有泪不轻弹，然而在人后，他一次次泣不成声，泪如雨下，把衣服都哭湿了一大片，无人的夜里，更是泪湿枕畔。一个活生生的人，怎么可能说不见就再也不见了呢？

从宫里回来，他有时候呆呆站立，总希望卢氏突然出现；有时候困倦至极，模糊睡去，梦里醒来，习惯性地伸手要去拥抱卢氏，枕畔却空无一人，这才清醒过来，记起卢氏已经离开，然后再也无法成眠。

这段时间，唯有写词，才能带给容若片刻安慰。他写了大量催人泪下的悼亡词，选几首放在这里。

青衫湿·悼亡

青衫湿遍，凭伊慰我，忍便相忘。半月前头扶病，剪刀声、犹在银釭。忆生来小胆怯空房。到而今，独伴梨花影，冷冥冥、尽意凄凉。愿指魂兮识路，教寻梦也回廊。

咫尺玉钩斜路，一般消受，蔓草斜阳。判把长眠滴醒，和清泪、搅入椒浆。怕幽泉还为我神伤。道书生簿命宜将息，再休耽、怨粉愁香。料得重圆密誓，难禁寸裂柔肠。

忆江南·宿双林禅院有感

心灰尽，有发未全僧。风雨消磨生死别，似曾相识只孤檠，情在不能醒。

摇落后，清吹那堪听。淅沥暗飘金井叶，乍闻风定又钟声，薄福荐倾城。

金缕曲·亡妇忌日有感

此恨何时已。滴空阶、寒更雨歇，葬花天气。三载悠悠魂梦杳，是梦久应醒矣。料也觉、人间无味。不及夜台尘土隔，冷清清、一片埋愁地。钗钿约，竟抛弃。

重泉若有双鱼寄。好知他、年来苦乐，与谁相倚。我自终宵成转侧，忍听湘弦重理。待结个、他生知己。还怕两人都薄命，再缘悭、剩月零风里。清泪尽，纸灰起。

鹧鸪天

七月初四夜风雨，其明日是亡妇生辰

尘满疏帘素带飘，真成暗度可怜宵。几回偷湿青衫泪，忽傍犀奁见翠翘。

惟有恨，转无聊。五更依旧落花朝。衰杨叶尽丝难尽，冷雨西风幂画桥。

虞美人

银床淅沥青梧老，屧粉秋蛩扫。采香行处蹙连钱，拾得翠翘何恨不能言。

回廊一寸相思地，落月成孤倚。背灯和月就花阴，已是十年踪迹十年心。

画堂春

一生一代一双人，争教两处消魂。相思相望不相亲，天为谁春？

浆向蓝桥易乞，药成碧海难奔。若容相访饮牛津，相对忘贫。

“忽傍犀奁见翠翘。”

翠翘，相信大家还记得容若把翠翘送给卢氏时的情景。

可惜物是人非。容若睹物思人，真是愁肠寸断。

二

容若把卢氏的灵柩停放在双林禅院里，他一有空就过去探望已经故去的妻子。

满族人有一个风俗，即人死后必须停灵，而且停灵时间都有规定，天子最长，为三年，亲王一年，民间则根据家庭经济状况，从三天到七七四十九天自行决定。而容若甚至破坏规矩，有意把卢氏停灵的时间延长了。

容若在禅院里常常潜心抄写经文，希望用自己的虔敬之心让妻子的在天之灵得到安慰，同时也安慰自己凄惶的心。

抄写经文在当时是非常流行的文化活动，人们尤其喜欢抄《金刚经》。

《金刚经》是印度大乘佛教般若系经典。以金刚比喻智慧之锐利、顽强、坚固，能断一切烦恼。此经采用对话体形式，说一切世间事物空幻不实，实相者即是非相；主张认识离一切诸相而无所住，即放弃对现实世界的认知和追求，以般若智慧契证空性，破除一切名相，从而达到不执着于任何一物而体认诸法实相的境地。卷末四句偈文“一切有为法，如梦幻泡影，如露亦如电，应作如是观”，被称为一经之精髓。

史载康熙皇帝一生共抄过两次《金刚经》，一次是他 15 岁习字时抄写，一次是在康熙三十二年（1693 年），其祖母孝庄太后身染重病，为了给孝庄太后祈福，表达自己的一片孝心，他又精心抄写了一遍。康熙亲笔手书的《金刚经》被誉为书法艺术与传世经卷完美结合的珍品，现为北京故宫博物院永久收藏。

容若也用心为爱妻抄《金刚经》祈福。可以想象，凭“清初学人第一”的美誉，古人又极重书法，容若的书法自然不在康熙之下——尽管康熙是皇帝。可惜容若所抄之《金刚经》，似乎已经失传。

抄经之余，容若有时候会和禅院师父拉拉家常，论论生死；也有时候，他一个人在禅院里对着一棵树、一扇窗枯坐，脑海里一幕一幕想念着卢氏的音容。他总相信他的一言、一行、一念，卢氏的在天之灵都能够听到、看到、感觉到。

由于思念亡妻心切，一天夜里，容若梦见妻子穿着素色衣服，化着淡妆，拉着他的手，哽咽着说了好多话，但这些话容若无法记起，然而临别的时候，卢氏嘴里念出一句诗：“衔恨愿为天上月，年年犹得向郎圆。”话音刚落，人就不见了。容若大叫一声：“娘子！”猛然醒了过来。

醒来之后，容若觉得特别奇怪，因为卢氏平常并不写诗，怎会在梦里向他托付诗句呢？（我们今天已经知道，梦是人类的潜意识活动，弗洛伊德说，“梦是愿望的达成”，这句诗当然不可能是卢氏所托，而是容若自己思念妻子心切，梦于是帮助容若达成愿望，他的潜意识代替卢氏创作了这样一句诗。）

醒来之后，容若泪落如珠，挥笔记下这个梦，写了一首《沁园春》：

丁巳重阳前三日，梦亡妇淡妆素服，执手哽咽，语多不复能记。但临别有云：“衔恨愿为天上月，年年犹得向郎圆。”妇素未工诗，不知何以得此也，觉后感赋长调。

瞬息浮生，薄命如斯，低徊怎忘。自那番摧折，无衫不泪；几年恩爱，有梦何妨。最苦啼鹃，频催别鹄，赢得更阑哭一场。遗容在，只灵飙一转，未许端详。

重寻碧落茫茫。料短发朝来定有霜。便人间天上，尘缘未断；春花秋叶，触绪堪伤。欲结绸缪，翻惊漂泊，两处鸳鸯各自凉。真无奈，把声声檐雨，谱入愁乡。

康熙十七年（1678年）7月，在停灵一年零两个月后，容若将卢氏葬于皂荚村，从此自号“楞伽山人”。取这个号的意思是缘于李贺、白居易的诗。李贺《赠陈商》诗：“长安有男儿，二十心已朽。楞伽堆案前，楚辞系肘后。”白居易《见元九悼亡诗因此为寄》：“夜泪暗销明月幌，春肠遥断牡丹亭。人间此病治无药，唯有楞伽四卷经。”

容若有事没事就会骑马到卢氏坟前烧钱化纸，也带些瓜果美酒摆在坟前，撒进土里。

那马似乎通人性，在一边低头默默等待，不嘶不鸣，而容若会喃喃低语，诉说自己的思念。

晨光中，夕阳里，或者月光下，一山、一水、几树，一人、一马、一坟，道不尽相思血泪、惆怅凄凉。

然而，逝者已矣，容若的生命还要继续。

「第十二章」　古今幽恨几时平

古人云：“人生不如意者十有八九。”
要多么旷达的人，才能够把一切看透，
从而接受并尽可能笑对自己的人生？
容若虽然生性颖悟，但他阅历仍然受限，
也许不够时间把人生看透。
所以他也偶尔会有幽恨难平的时刻。

一

人世间悲剧、喜剧总在交替上演。

卢氏去世的那一年，也就是康熙十六年（1677 年），这年秋冬季节之间，容若终于等来了皇上的诏书，任命他为乾清门三等侍卫。

这个任命实在令人疑惑，值得琢磨。

一年多的时间康熙对容若迟迟不予任命就不提了。除了康熙本人，谁也不清楚究竟是怎么回事。我们重点来关注这个迟来的任命。

关于御前侍卫，清初规定一等侍卫六十名，正三品衔；二等侍卫一百五十名，正四品衔；三等侍卫二百七十名，正五品衔。到了康熙年间，随着皇权的加强，又将侍卫分为御前侍卫、乾清门侍卫和大门侍卫。御前侍卫和乾清门侍卫都由皇帝亲自来授选，没有名额上的限制，根据皇帝的需要和心情来定。

仅仅从表面上看，容若任三等侍卫，是五品衔，比状元、榜眼所授的翰林院修撰、编修还要高一级，每年的俸禄自然更多，而且和王公大臣一样，有园、田分，要是在一般读书人眼中，这是个求之不得的差使，算是得到了皇上的重用。

然而他不是一个普通读书人，他是纳兰容若，是当时上升势头极好的皇帝的重臣纳兰明珠家的公子，他不缺俸禄，他要的是施展个人才干、建功立业的机会。容若是有思想、有抱负的人，有很强的个人意志，并不喜欢完全听命于另外一人。

在《渌水亭杂识》中的一些内容表明了纳兰容若先进的治学思想，比如主张博览群书；比如对一些历史人物进行品评时，提倡忠君尽节。纳兰的思想非常开明，还在著作中介绍西方的科学技术，他认为西方一些机械比国内的故有之器要“便易”许多。一个锦衣玉食的富贵公子关心民间疾苦是非常难能可贵的，可见他心系百姓，而且有着饱满的政治热情和社会责任感。在一首《金缕曲》词中，他写道：“未得长无谓。竟须将、银河亲挽，普天一洗。麟阁才教留粉本，大笑拂衣归矣。”分明在说要将银河水引下来，将天地冲洗一遍。可谓气势如虹，满是少年壮志、书生豪气，想要建立一番功业。

可以这么说，从实质上看，御前侍卫品级再高，但他们完全没有自己的自由，任凭皇帝驱使。作为侍卫，皇帝在京时必须随时听从差遣；皇帝出巡时则随扈保驾；皇帝驻跸行宫也要戒备守卫；皇帝行围狩猎，更要执弓执矢，一边要射击猎物取乐皇帝，一边还要保护皇帝不受野兽侵袭；皇帝要检阅八旗官兵操练时，还需上场给他们表演示范，甚至与各营将领比武演练，来激发兵士的热情；有时侍卫还要担当皇帝的特使，被委派去执行一些特殊任务，比如到军前探询敌情。

作为侍卫得处处体察皇帝的意图行事，一言一行必须唯皇帝旨意是从，有些事还不能让皇帝明言，而需要侍卫体会，替皇帝把话说明。即使尽心尽力一意奉承，还是难免百密一疏，稍有闪失就会被降黜，重者流放充军，甚至头颅落地。

纳兰觉得这侍卫的头衔像是给他套上了金枷玉锁，让他痛苦万分，在给好友的一封信中他这样写道：“鄙性爱闲，近苦鹿鹿。东华软红尘，只应埋没慧男子锦心绣肠。仆本疏庸，那能堪此。”

皇帝出行，往往声势浩大，御前侍卫必须时刻保护皇帝安危，昼夜巡视，精神高度紧张，又毫无自由可言。可以想象这样的差事确实劳碌辛苦。

当然，话又说回来，挑选八旗贵族的精干子弟充当侍卫，考察他们的才能，培养他们对君主的感情，然后委以重任，这是清代皇帝发现和训练栋梁之材的一个重要途径。索尼、索额图、明珠，都是侍卫出身，容若的弟弟揆叙也是初任侍卫，后至翰林院掌院学士、都察院左都御史。容若以进士出身而授侍卫，在他面前展开的完全有可能是一条通往尊显的光明大道。

所以虽然容若觉得自己作为御前侍卫受到种种羁绊，但他依然恭谨勤勉、尽职尽责，容若的朋友评价他“从久不懈，益谨”“遇事劳苦，必以身先，不避艰险退缩”，还说他“上有指挥，未尝不在侧，无几微毫发过”。

忠于自己的职责，时刻“修身”，是容若明显的特质。徐乾学说容若“其扈跸时，雕弓书卷，错杂左右。日则校猎，夜必读书”。

容若除了文武全才，可堪大用，还有一个极大的优点，就是他的口风特别紧。应该说，口风紧，这是权贵身旁随从必备的特质。

因为常伴君侧，各种人想方设法都想要接近容若，想从他口里知道皇帝的心思，或者希望容若在皇上面前为他们美言几句，但容若绝不随意结交朋友，也绝不透露半点儿跟皇帝有关的信息。对此，姜宸英写道：“所言经史外绝不及时政。所接一二寒生罢吏而外，少见士大夫。”

容若的表现令康熙皇帝也非常满意，对他恩宠有加，不时对他大加赏赐。

徐乾学写道：“先后赐金牌、彩缎、上尊、御馔、袍帽、鞍马、弧矢、字帖、佩刀、香扇之属甚多。”

容若的一些词作反映了陪伴康熙外出的情景：

浣溪沙

身向云山那畔行，北风吹断马嘶声。深秋远塞若为情！
一抹晚烟荒戍垒，半竿斜日旧关城。古今幽恨几时平！

忆桃源慢

斜倚熏笼，隔帘寒彻，彻夜寒如水。离魂何处，一片月明千里。

两地凄凉，多少恨，分付药炉烟细。近来情绪，非关病酒，如何拥鼻长如醉。转寻思不如睡也，看道夜深怎睡。

几年消息浮沉，把朱颜顿成憔悴。纸窗淅沥，寒到个人衾被。篆字香消灯灺冷，不算凄凉滋味。加餐千万，寄声珍重，而今始会当时意。早催人一更更漏，残雪月华满地。

也许有人想知道，康熙皇帝好侍候吗？他对容若究竟如何呢？我们来看看康熙十九年（1680 年）秋天皇帝狩猎的情况。

二

康熙十九年，这一年容若 26 岁，曹寅 23 岁，都是英姿勃发的青年。

当时曹寅在銮仪殿当差，他的工作大致以皇宫、旗人、狩猎为重心。曾经有一个朋友给曹寅写了这样一首词：

君才英绝。问车边岂少，此班兰物。出匣干将腾怪彩，光射阴阴四壁。文艳春华，笔垂秋露，气味如冰雪。甘泉豹尾，从容跃马奇杰。况复路入桑干，平沙漠漠，击草鹰初发。万骑回中从猎去，酾酒夕阳明灭。玉勒风嘶，琱弓夜吼，冷浸萧萧发。吟鞭摇动，惊飞乌鹊霜月。

与此同时，作为五品官的御前侍卫，纳兰容若曾经负责管理专供皇帝出行的内厩马匹。

没错，由纳兰容若挑选、管理马匹。

清圣祖康熙出巡用马，都由容若亲自掌管。平日里他还得时不时亲自到昌平、延庆、怀柔、古北口等地去督牧，也就是监督、查看马匹的放牧情况。

在纳兰容若的书简中，有一封致他的好友、画家张纯修的信，应该写于这个阶段：

> 花马病尚未愈，恐食言，昨故令带去。明早家大人扈驾往西山，他马不能应命，或竟骑去亦可。文书已悉，不易。成德顿首。

“家大人”，指明珠；“扈驾”，是指随侍帝王的车驾。这封信的大概意思就能明白了。

姜宸英后来在《纳兰君墓表》中也写道：

> 尝司天闲牧政，马大蕃息。侍上西苑，上仓促有所指挥，君奋身为僚友先。上叹曰：“此富贵家儿，乃能尔耶！”

看到这里，估计不少容若迷要替容若叫屈了。堂堂容若，文武全才，居然一天到晚去侍候马匹！当年连康熙自己也感叹：这纳兰容若是富贵人家的孩子啊！居然能够（忍辱负重）到这种地步！

很显然，这个差使是康熙亲自指派给容若的。当时明珠已是大学士，大学士是文臣的最高级别，有宰相之实，可谓一人之下，万人之上。如果容若之职非皇帝钦定不可违逆，明珠不可能让自己的儿子担任这样的职务。

读者诸君，此刻你是否想起了《西游记》中艺高胆大，后来被天庭收服并被指派担任弼马温的孙悟空？孙悟空后来保护唐僧去西天取经，途中各路妖怪以“弼马温”的称呼来辱骂他时，孙悟空总是愤怒至极。因为这实在不是一个可以给胸有大志的人带来荣耀感的职位。看到这里，也许你更能理解满腹经纶、文武双全的才子纳兰容若在康熙御前当差的苦闷心情。写这一段的时候我突然忍不住大笑，笑完了，却有泪水流了满脸，是真的为容若感到委屈。

我们无法知道康熙究竟是怎么想的，是像野史中说的那样，康熙是嫉妒容若之才，嫉妒他爱的女人爱着容若，因而折辱容若？还是康熙有意给容若一个挫折，挫挫他的锐气，以观其心志？或者因为当时明珠势头已经太盛，如果让容若也受重用，担心他们父子联手不好驾驭？总之，不重用甚至打压容若的真正意图，只有康熙自己清楚。

不过容若到底是聪明人，虽然多有不得志之处，但他还是懂得拥有乐观心态的。比如他曾经给顾贞观写信说他自己“目睹龙颜之近，时亲天语之温，臣子光荣，于斯至矣”。

可以推测在康熙十九年的这个秋天，纳兰容若和曹寅同时目睹了康熙围猎的盛况，两个原本就交情不错的文友估计当时还打了照面，彼此寒暄了几句。然而毕竟各自公务在身，都要围着皇帝转，各自的心思，也是如人饮水，冷暖自知。

史景迁整理一位亲自参与康熙狩猎的传教士的记述后，在《曹寅与康熙：一个皇帝宠臣的生涯揭秘》一书中写道：

（康熙的）狩猎活动十分壮观，有数千名旗人兵武参与；康熙皇帝几乎每年秋天都会亲自领军出猎，挑一些军士一起猎熊射虎，或由众兵丁围猎捕杀鹿兔。皇帝会执意坐在雨中，生火烤着刚杀的鹿肉，在简陋的营帐中度过寒夜。他的随扈想必也是如此。对于曹寅的汉人朋友而言，这些情景必然让人神往，因而笔下也恣情奉承他的威猛武勇。

执意坐在雨中，烧烤刚杀的鹿肉，这时的康熙皇帝，一样是个固执而有浪漫情怀的年轻人。

有一回曹寅在秋天自南京前往北京，想起康熙皇帝曾经狩猎的北方，写道：

行在天山外，西风玉帐寒。

而容若也写有陪皇帝狩猎的词：

风流子·秋郊射猎

平原草枯矣，重阳后，黄叶树骚骚。记玉勒青丝，落花时节，曾逢拾翠，忽忆吹箫。今来是、烧痕残碧尽，霜影乱红凋。秋水映空，寒烟如织，皂雕飞处，天惨云高。

人生须行乐，君知否，容易两鬓萧萧。自与东风作别，刬地无聊。算功名何许，等闲博得，短衣射虎，沽酒西郊。便向夕阳影里，倚马挥毫。

这首词明显流露了容若郁郁不得志的心情。

好在，康熙皇帝倒也并非无情无义之人。康熙二十一年（1682年），容若奉旨和副都统郎坦等人觇唆龙，侦察并宣抚内蒙古、甘肃一带的少数民族不稳定势力。

虽然容若此次西北之行史料记载不详，不知道他们宣抚的具体情况，但可以肯定的是，此行为团结西北各族人民做出了重大贡献。

我们可以从一些间接资料里，对此有一个大概的了解。

关于此次觇唆龙，容若的好友姜宸英写道：

（康熙）二十一年（1682年）八月，使觇唆龙羌。其地去京师五六十驿，间行或累日无水草，持干粮食之。取道松花江，人马行冰上竟日，危得渡。仅抵其界，卒得其要领还报，上大喜。君虽跋涉艰险，归时从奚囊倾方寸札出之，叠数十纸，细行书，皆填词若诗，略记其风土方物。虽形色枯槁不自知，反遍示客，资笑乐。

从姜宸英的记述里，我们可以得到这样一些印象：唆龙离京师大约1500里—1800里（一般三十里为一驿），此行条件艰苦，有时人喝不上水，马吃不到草，以干粮替代，过江的时候是从冰上走过，因为不知道冰层厚薄，稍不小心就可能把冰踩破，人马落入冰冷刺骨的水中，非常危险。最终他们把侦察的结果报给康熙的时候，康熙非常高兴。虽然出行如此艰苦，容若还是坚持填词写诗。待容若还家，他明显消瘦憔悴，“形色枯槁”却不自知，只是把自己视为宝贝的词作拿给大家看。

这首在《瑶华集》里题作“十月望日与经岩叔别”的《蝶恋花》，就是容若觇唆龙的作品之一：

尽日惊风吹木叶，极目嵯峨，一丈天山雪。去去丁零愁不绝，那堪客里还伤别。

若道客愁容易辍，除是朱颜，不共春销歇。一纸寄书和泪折，红闺此夜团栾月。

此次容若出行的时间是阴历八月底到十二月底，历时四个月。

觇唆龙之后，28 岁的容若被升为二等侍卫；三年之后，康熙二十四年（1685 年），31 岁的容若被升为一等侍卫，这一年的三月十八日，是康熙帝的生日，他亲手抄写了贾至的《早朝大明宫呈两省僚友》诗送给容若。这首诗是这样写的：

银烛朝天紫陌长，禁城春色晓苍苍。
千条弱柳垂青琐，百啭流莺绕建章。
剑佩声随玉墀步，衣冠自惹御炉香。
共沐恩波凤池上，朝朝染翰侍君王。

这首诗是写大臣等候君王来早朝的情景。当时人们纷纷猜测，容若很快会得到康熙的重用。然而，命运如此无常，谁也无法预料，本以为守得云开见月明的时刻，等待容若的，居然是彻底而残酷的厄运。这是后话。

「第十三章」　一往情深深几许

情感现象常常让人费解。

有人情深义重，一往情深；

有人薄情寡义，情感淡漠。

这也许是由遗传及成长环境决定的。

容若之情重、情深，令众人称奇。

一

在灿若星辰的三百多首纳兰词中，情与愁一直是容若最钟爱的主题。

下面这首《蝶恋花·出塞》据推测是写于康熙二十二年（1683年），容若 29 岁这一年。

今古河山无定据。画角声中，牧马频来去。满目荒凉谁可语？

西风吹老丹枫树。

幽怨从前何处诉。铁马金戈，青冢黄昏路。一往情深深几许？深山夕照深秋雨。

史书记载，康熙二十二年九月十一日至十月初九日，圣祖出行五台山，太皇太后同行。

容若应该就是在这次出行途中写下了这首词。

其中“一往情深深几许”一句，让人印象深刻。这一句，应该是用了宋代词人欧阳修的典故。

我们来看看欧阳修的词：

蝶恋花

庭院深深深几许？杨柳堆烟，帘幕无重数。玉勒雕鞍游冶处，楼高不见章台路。

雨横风狂三月暮，门掩黄昏，无计留春住。泪眼问花花不语，乱红飞过秋千去。

像“庭院深深深几许”这样的句子，几乎让人过目不忘。欧阳修之后的宋代女词人李清照也用了“深深深几许”写了一首词：

临江仙

欧阳公作《蝶恋花》，有“深深深几许”之句，予酷爱之。用其语作“庭院深深”数阕，其声即旧《临江仙》也。

庭院深深深几许？云窗雾阁常扃。柳梢梅萼渐分明。春归秣陵树，人老建康城。

感月吟风多少事，如今老去无成。谁怜憔悴更凋零。试灯无意思，踏雪没心情。

由欧阳修和李清照的“庭院深深”，容若联想到“一往情深”。只能说，这世上确实有一种人，似乎是为情而生，情深意长。

容若是其中的代表。

情感，尤其爱情，在艺术创作中的力量是不可思议的。似乎浓烈的爱情会让一个平庸的人也变成优秀的诗人。或者，我们可以反向思考，也许一个有艺术天赋的人对爱情会格外敏感与渴求。于是，爱情和艺术，两者互相助长，成为人类精神世界耀眼的彩虹。

纳兰容若充沛的情感，为他的诗词写作提供了不竭的源泉。正如我们前面已经提及，一个人对情感的渴求度跟童年的成长环境有关，越是童年没有得到足够关爱的人，懂事后会越是渴望爱情；当然，还跟一个人天生的性情有关，有的人性格里就有特别重感情的基因。

来读读容若写给好朋友、画家张纯修某封信里的一句话：

夜来微雨西风，亦春来头一次光景。今朝霁色，亦复可爱。恨无好句以酬之，奈何，奈何！

非常理解容若的心情。

对于诗人、词人来说，只要得到一个好句可以传世，就能心满意足了。看到美景想要赋诗，遇到美事也恨不能下笔成诗，或者相反，心情郁闷、悲伤，往往也以诗词为寄托。

我本人是诗歌爱好者，有时候自己也写诗，古今中外之好句，能够随口就念出来的并不多，比如说韦庄的词“垆边人似月，皓腕凝霜雪。未老莫还乡，还乡须断肠”；比如说元好问的词“问世间，情为何物？直教人生死相许”；比如说晏殊的词“一场愁梦酒醒时，斜阳却照深深院”（曾经用过的“晓梦斜阳”的笔名因此而来）；比如说苏东坡的句子“长恨此生非我有，何时忘却营营。夜阑风静縠纹平，小舟从此逝，江海度余生”；比如说李清照的词“东篱把酒黄昏后，有暗香盈袖。莫道不消魂，帘卷西风，人比黄花瘦”；比如李煜的句子“问君能有几多愁，恰似一江春水向东流”；比如说艾青的诗“为什么我的眼里常含泪水，因为我对这土地爱得深沉”；比如说西川的诗“鸟儿坠落，天空还在飞行”；比如说海子的诗“天空一无所有，为何给我安慰”；比如说狄兰·托马斯的句子“穿过绿色茎管催动花朵的力，也催动我绿色的年华……无言相告情人的坟墓，我的床单上也爬满同样的蛆虫”等。当然，不同的人，喜欢的句子不同。就算同一个人，不同的心境下，脱口而出的诗句，也往往不一样。

而我自己写诗断断续续近十载，虽然身边偶尔有喜欢诗歌的新朋旧友追捧，比如同学聚会的时候，忽然有人说：“我能把你写的那首《石燕湖之夜》背下来。”果然就一字不差地背了出来；还比如说有个认识不久的年轻女子，把我发在微信朋友圈里的每一首诗逐字手抄出来，再把抄了一叠纸的诗拍成照片，鼓励我坚持创作。但，毕竟他们是诗歌爱好者，喜欢我的诗仅仅是因为他们在诗里找到了能引起他们内心共鸣的东西，而无法客观地评价我的诗歌在艺术上的成就，迄今为止，我的诗作中仅有一首极短的诗引起挑剔的专业诗人们特别关注，斗胆拿出来供大家评判：

灰姑娘

那个童话很好听，

那首歌很动人。

请原谅我没有动静。

我本来可以顺着微弱的光，

找到你所在的宫殿。

可是我怕真的变成灰姑娘。

灰做的姑娘，

风一吹，

就散了。

2009 年 6 月 25 日

这首诗的得意之处是，故意曲解“灰姑娘”，把有名的童话故事灰姑娘曲解为“灰做的姑娘”，意在言外，让人印象深刻，几乎过目不忘。

说起传世之句，突然想起一个非常有意思的典故。

唐代诗人贾岛有一首五言绝句：

题诗后

两句三年得，一吟双泪流。

知音如不赏，归卧故山秋。

“两句三年得，一吟双泪流”，道尽了写出好句子的艰难，而这两句本身也成为传世之语，如同杜甫的“语不惊人死不休”。有意思的是，这首绝句是贾岛顺手题写在一首诗后面的，他的本意是想重点向世人推介自己用心写的另外一首诗。结果，他冥思苦想的那首诗没几个人注意，这顺手写下的句子反倒众人传唱。这里把贾岛推敲了许久、他自己想推广，而最终并没有引起太多反响的那首诗也贴出来让大家看看：

送无可上人

圭峰霁色新，送此草堂人。麈尾同离寺，蛩鸣暂别亲。

独行潭底影，数息树边身。终有烟霞约，天台作近邻。

这个典故让我们了解到一个事实，诗歌写得好，真的是一件需要天赋、需要灵感的事情。有时候你苦苦耕耘很多年，却比不上偶尔电光石火的一念。当然，灵感其实也是建立在勤奋的基础之上。聪明而不努力，就犹如有种子没有土壤，不可能有灵光一现。

纳兰词之所以如此广泛受到欢迎，是因为他词里的好句随处可见，俯拾即是。除了广为流传的“我是人间惆怅客”“人生若只如初见”“西风吹老丹枫树”“一生一代一双人”等句子，还有清新别致的“秋雨，秋雨，一半西风吹去”“从此伤春伤别，黄昏只对梨花”“西风多少恨，吹不散眉弯”……

容若能够写出这样的好词，确实因为他天赋过人，更兼多愁善感，一往情深，也就是他自己说的“一往情深深几许”。

容若的情，究竟有多深？

二

容若对父母深沉的亲情，如何遵循孝道，前面已经叙述过，不必再提。

容若对表妹、对卢氏的深切眷恋之情，已经浸透到他自己用心血凝成的诗词里，任何其他的讲述不过是画蛇添足。

这里选择两个故事，一个是容若为吴兆骞处理后事，一个是容若在富丽堂皇的明珠花园里特意为顾贞观这帮朋友建茅屋。

康熙二十三年（1684 年），这年十月，吴兆骞在北京因病身亡，终年 53 岁。而此时容若正扈从康熙南巡，他们经泰山、扬州、苏州、无锡、镇江、江宁、曲阜等地，并查看淮扬河道治理工程。

容若简直无法相信这个消息，连忙写信说："青溪落月，台城衰柳，哀讣惊闻，未知是否？"

在得到确信后，他异常悲痛，寝食难安，立即撰写了情真意切的《祭吴汉槎文》。

从南方回到北京后，容若亲自主持安葬了吴兆骞，为了照顾吴兆骞的子女，还把吴兆骞的弟弟全家也请到北京来，给他弟弟安排好工作。

吴兆骞原本和容若素不相识，容若受好友顾贞观之托，把他从苦寒的宁古塔救回北京，死后还负责安葬，容若可谓情深义重。

至于容若跟顾贞观的交情，那就更加数不胜数了。

徐珂编撰的《清稗类钞》记载：

成容若风雅好友，座客常满，与无锡顾梁汾舍人贞观尤契，旬日不见则不欢。梁汾诣容若，恒登楼去梯，不令去，一谈则数日夕。

登楼去梯，也就是说，容若怕顾贞观走，也怕别人打扰他们，就拉着顾贞观爬到楼上去，命人把梯子搬走，估计只有吃饭如厕才重又把梯子架起来。两人一聊就聊个几天几夜，没完没了。两人诚心诚意地彼此欣赏、真诚赞美，顾贞观写道："君赏余《弹指》之词，我服君《饮水》之句。"（注：《弹指词》是顾贞观词集，《饮水词》是容若词集。）

这种交情，实在是让人羡慕，令人叹为观止。

康熙二十年（1681 年）秋，顾贞观母亲去世，急需回乡奔丧却又囊中羞涩，容若二话不说予以资助，而且和顾贞观一样悲伤，还写了首五言古诗《送梁汾》：

西窗凉雨过，一灯乍明灭。
沉忧从中来，绵绵不可绝。
如何此际心，更当与君别。
南北三千里，同心不得说。
秋风吹蓼花，清泪忽成血。

容若为顾贞观写过许多诗词，全都情真意切，令人动容。后来容若索性在相府里为顾贞观等人筑起茅屋，方便他们来住。关于筑茅屋一事，容若又写诗如下：

寄梁汾并葺茅屋以招之

三年此离别，作客滞何方？
随意一尊酒，殷勤看夕阳。
世谁容皎洁，天特任疏狂。
聚首羡麋鹿，为君构草堂。

茅屋始筑于康熙十七年（1678 年），次年建成后，容若把它命名为“花间草堂”，并特意写了一首词：

满江红·茅屋新成，却赋

问我何心？却构此、三楹茅屋。可学得、海鸥无事，闲飞闲宿？百感都随流水去，一身还被浮名束。误东风、迟日杏花天，红牙曲。

尘土梦，蕉中鹿。翻覆手，看棋局。且耽闲殢酒，消他薄福。雪后谁遮檐角翠，雨余好种墙阴绿。有些些、欲说向寒宵，西窗烛。

要知道，顾贞观虽然颇有文才，在现实的社会里却郁郁不得志，屡屡受人排挤，势利之人避之犹恐不及。而容若不但不回避他，反而将他引为座上宾，成为密友，还根据好友的心愿，特意为他修筑茅屋，这是何等的情真意切啊！

当然，投以木桃，报以琼瑶，顾贞观也为容若做了一些力所能及的事情，比如，正是他为容若印刻了《侧帽词》，后来又更名为《饮水词》。

顾贞观还积极谋划，把色艺双绝的江南女子沈宛带到容若寂寞的生命里，让他凄凉黯淡的情感生活有了新的温暖和光亮。

这种肝胆相照的友谊，在人的一生中绝对是少见的。后来容若去世，顾贞观悼容若时说：“吾哥所欲试之才，百不一展；所欲建之业，百不一副；所欲遂之愿，百不一酬；所欲言之情，百不一吐。”作为容若的知音，顾贞观这番话是值得注意的。

此后，顾贞观痛失知己，也痛失庇护，一年后回归故里，时常思念容若，一个以狂放豪饮著称的人，居然性情大改，过起了足不出户、日夜读书的隐居生活。

「第十四章」　欲问江梅瘦几分

若不是他，她做她的歌妓，
待年老色衰，找个寻常人嫁了，
也有一份寻常的幸福。
然而她和他相遇相知，
甜蜜到极致，也伤痛到极致。
若命运真的可以重新轮回，
她，是否依然愿意遇到他？

一

爱情究竟是什么？为什么古往今来，那么多人对爱情孜孜以求、念念不忘？以至于人们发出疑问：“问世间，情为何物，直教人生死相许？”

我曾经非常深入地思考过这个问题。

首先，从生理的角度来说，爱情以人类的繁衍生殖为主要动力，和人类的本能之一，性本能，直接关联。此外，爱情以荷尔蒙以及大脑分泌的神经传导物质多巴胺为生理基础。

荷尔蒙估计大家已经比较熟悉，而多巴胺可能相对来说人们知道得比较少。据科学研究证明，多巴胺主要负责大脑的情欲、感觉，将兴奋及开心的信息传递，可能导致上瘾。有人干脆说，爱情其实就是大脑里产生大量多巴胺作用的结果，爱情和吸烟、吸毒一样，都可以增加多巴胺的分泌，使上瘾者感到开心及兴奋。根据研究所得，多巴胺能够治疗抑郁症，而多巴胺不足则会令人失去控制肌肉的能力，严重的会令病人的手脚不自主地振动或导致帕金森症。最近，有科学家研究出来这样一个结果，说多巴胺有助进一步医治帕金森症。治疗方法在于恢复患者脑内多巴胺的水准，就可以控制病情。

其次，从心理的角度来说，根据著名心理专家马斯洛的心理需求层次理论，人们的需求从低到高分别是：生理的需求（食、性等）、安全的需求、归属和爱的需求、尊重的需求、自我实现的需求。在这些需求当中，爱情不但是人们的心理需求之一，而且美好的爱情能够满足其他几个层次的需求。找到一个适合自己的爱人，既能满足生理需求又可以带来安全需求，当然还能满足归属需求以及受尊重的需求。美好的爱人，还能够让自己觉得达到了某种程度的自我实现，会觉得自己一生最重要的事情，就是找到了一个合适的爱人。

综合这些观点，既有生理基础，能满足人的生理需要，又能实现人类的心理需求，爱情这种现象当然会让人心驰神往，甚至如果爱情遇到挫折，会有人以身殉情。

如此看来，“多愁多病心情恶”的情种纳兰容若，更会视爱情如自己生命中的救星。然而他情路多舛，初恋情人惠儿飞入深宫，从此再难相见；正妻卢氏只陪伴他三年就抱病而亡，这一连串打击让容若心若死灰。

康熙十九年（1680 年），由明珠做主，容若继娶官氏。

官氏，即瓜尔佳氏，权势赫赫的显贵之家，官氏为图赖之孙女、颇尔喷之女，自幼娇生惯养，刁蛮任性，很难与容若和睦相处。

婚姻、爱情是这样一回事，如果遇到的人对，那么，在这场深刻的亲密关系中，你会成为更好、更优秀的人；如果遇到的人不对，自己又没有好好自我管理、自我觉察，那么，一个好端端本来可以打九十分的出色人物，在这场关系里，也许会表现得极其让人失望，甚至及不了格。

毫无疑问，容若在官氏面前肯定是没有或者没办法表现出自己最好的一面。

这世间有两种女子，一种是母亲型，成熟稳重，对人体贴入微，跟任何人都可以融洽相处；一种是女儿型，心智不成熟，需要许多呵护，如果性情温和，小女儿般憨态可掬、娇媚可亲倒是还好，就怕遇到任性刁蛮完全不通晓人情世故的女子，常常损耗别人的精力，把好端端的一个家搞得鸡飞狗跳。

官氏显然属于非常难缠的类型，加上她的父亲又是容若的顶头上司，容若在她面前要么沉默寡言，要么赔尽小心，找不到半点儿相知相惜的乐趣，实在苦不堪言。所以有人会把“怨憎会”（彼此厌憎，却要相处）列为人生之苦。

就这样，事业上，容若担任御前侍卫一职需要大耗心神，已是不如意；情感生活又无处寄托，在这种凄苦困顿的日子里，容若难免寻寻觅觅，希望找到这样一个人，两人相亲相爱，互为灵魂的皈依。

终于，容若听说有一名才貌俱佳的江南女子，不由得心向神往。

不知道这一次，命运是否会成全这位才子的一番美好愿望呢？

二

康熙二十三年（1684 年），身在江南的顾贞观收到容若的一封信。

自康熙二十一年（1682 年）离开北京回到江南之后，顾贞观和容若鸿雁传书，从无间断。

不过，这封信的内容有些特别：

望前附一缄于章藩处，计应彻览。弟比日与汉槎共读《萧选》，颇娱岑寂，只以不对野王为悒怅耳。黄处捐纳事，望立促以竣，不可以泄泄委之也。顷闻峰泖之间，颇饶佳丽，吾哥能泛舟一往乎？前字所言半塘、魏叟两处如何，倘有便邮，即以一缄相及。杪夏新秋，准期握手。又闻秦川沈姓有女颇佳，亦望吾哥略为留意。愿言缕缕，嗣之再邮。不尽。鹅梨顿首。

既然容若有心于“沈姓之女”，嘱托顾贞观“略为留意”，顾贞观自然不敢有丝毫怠慢，即刻前往代为察看。这沈姓之女，即为沈宛，字御蝉，浙江乌程人，是个才女。也有人考证说她是一名歌妓。

估计后来的情况是，顾贞观即刻前往结识沈宛，一见之下，顿时惊为天人，立刻给容若回信。而容若得到顾贞观的肯定回复，喜出望外，决定要找机会下江南。

对于容若下江南，史书上有记载的仅有一次，是在康熙二十三年（1684 年），这年九月二十八日至十一月二十九日。

但根据容若自己的诗作以及他和友人的通信，容若下江南肯定不止这一次。

据推测，情况很可能是这样的：康熙二十三年，容若好友曹寅的父亲——时任江宁织造的曹玺病故，曹寅赶了回去。此后，获得康熙皇帝批准，容若也从北京来到江南。

容若为此行写下了著名的《曹司空手植楝树记》。次年曹寅回京，容若又写了《满江红》词，题在曹寅的《楝亭图》上。

满江红

为曹子清题其先人所构楝亭，亭在金陵署中

籍甚平阳，羡奕叶、流传芳誉。君不见、山龙补衮，昔时兰署。饮罢石头城下水，移来燕子矶边树。倩一茎黄楝作三槐，趋庭外。

延夕月，承晨露。看手泽，深余慕。更凤毛才思，登高能赋。入梦凭将图绘写，留题合遣纱笼护。正绿阴青子盼乌衣，来作暮。

此次江南行最为重大的意义是，容若和沈宛相见了。

一个是风流倜傥、文武双全的御前侍卫、相国公子，一个是才貌双全的江南歌妓、红粉佳人，不难想象，他们几乎是一见钟情，彼此你有情我有意，不需要太多过程，两颗怦然而动的心，自然而然就靠在一起了。

容若有词云：

菩萨蛮

惜春春去惊新燠，粉融轻汗红绵扑。妆罢只思眠，江南四月天。

绿阴帘半揭，此景清幽绝。行度竹林风，单衫杏子红。

这江南四月天，想来应该是农历四月，大概是公历六月前后，时间是吻合的。

而沈宛亦是才女，同样有词流露自己的情感。她著有《选梦词》，徐乾学之子徐树敏后来在康熙二十九年（1690 年，已是容若去世后五年）刊印的《众香词》，录其五首，如下：

长命女

黄昏后，打窗风雨停还骤，不寐乃眠久。

渐渐寒侵锦被，细细香消金兽。添段新愁和感旧，拼却红颜瘦。

一痕沙・望远

白玉帐寒夜静，帘幕月明微冷。两地看冰盘，路漫漫。

恼杀天边飞雁，不寄慰愁书柬。谁料是归程，怅三星。

临江仙・春去

难驻青皇归去驾，飘零粉白脂红。今朝不比锦香丛。画梁双燕，应也恨匆匆。

迟日纱窗人自静，檐前铁马丁东。无情芳草唤愁浓。闲吟佳句，怪杀雨兼风。

菩萨蛮·忆旧

雁书蝶梦皆成杳，月户云窗人悄悄。记得画楼东，归骢系月中。

醒来灯未灭，心事和谁说？只有旧罗裳，偷沾泪两行。

朝玉阶·秋月有感

惆怅凄凄秋暮天，萧条离别后，已经年。乌丝旧咏细生怜。梦魂飞故国，不能前。

无穷幽怨类啼鹃，总教多血泪，亦徒然。枝分连理绝姻缘。独窥天上月，几回圆。

康熙二十三年年底，顾贞观把沈宛带到北京，由于当时清廷严厉禁止满汉通婚，作为康熙的御前侍卫、相国之子，容若更加不可能与朝廷对抗，因而沈宛不能入住纳兰家的相国府，只能委屈地成为容若的外室。

容若在北京觅了一处房产，一有空就尽量去陪伴沈宛。

如果真心爱一个人，用什么身份相处，是否能朝夕相见，其实都不重要。作为皇帝的御前侍卫，容若极为忙碌，且很不自由，加上他毕竟另外还有一个家，有父母、官氏和孩子需要他。可以想象，容若和沈宛必定是聚少离多；也可以想象，沈宛是如何刻骨铭心地思念容若。

关于容若与沈宛的结局，有人根据沈宛《朝玉阶·秋月有感》“枝分连理绝姻缘”一句，认为是容若最终离弃了沈宛。笔者对这一说法持否定态度。

容若朋友的证明、也被采纳的事实是，沈宛为容若生下遗腹子富森。如果是容若离弃了沈宛，沈宛必然怨恨，而容若已死，她又如何愿意为容若生子？加上容若如此至善至孝，以他的性情，又怎么可能离弃一个为自己怀有身孕的女人？

比较合理的可能性是，沈宛才貌俱佳，难免心高气傲，对于自己不被纳兰家族所容一事，郁郁不乐，某次和容若拌嘴之后，一气之下返回了江南。而容若知道自己限于国法家规，不可能正式迎娶沈宛，只好痛苦地任她离去。可能沈宛离开的时候，并不知道自己已有孕，后来才发现自己怀了容若的孩子，于是毅然决定生下来。当然，好像清代没有人流技术，通常用药物来实行避孕，而一旦怀孕，只能靠麝香、红花等中药打胎，有时候很难打下来。大多数时候，女子一旦有孕，也只能生下来。

当然，关于沈宛和容若分离，真相和细节究竟如何，到如今还真是难以考证。

细心的容若当然理解沈宛的相思之苦，他自己又何尝不思念心中的爱人呢？

浣溪沙

欲问江梅瘦几分，只看愁损翠罗裙。麝篝衾冷惜余熏。

可耐暮寒长倚竹，便教春好不开门。枇杷花下校书人。

容若当然知道，沈宛思念他，人都想瘦了。

相思多么美，相思多么令人憔悴。

他们当时并没有领悟到，即使不能日日相见，能够在思念之余，偶尔见面，已是难得的幸福。尤其对容若而言，和沈宛相聚，是他在人间岁月的奢侈时刻。

这看似充满煎熬的幸福刚刚开始，命运就匆匆写下一个残忍的结局。

「第十五章」　而今才道当时错

有人说，容若和惠儿之间相爱却又错过，

是姻缘之错；

容若和卢氏之间，琴瑟和鸣，却只有三载光阴，

是命运之错；

容若和沈宛之间，相爱却不能相守，

是世俗之错。

其实，人生一世，草木一秋，哪来那么多错。

无论遇到什么，改变，离开，或者接受。

容若的一生，也许肉身注定是流星，寿命太短，

然而他的灵魂，却是一颗恒星，永远闪烁。

一

恍恍惚惚中，又似乎有些真切，容若看见惠儿笑吟吟地荡着秋

千，他在一边含笑看了一会儿，上前想去推惠儿一把，然而当容若伸出手，惠儿却突然不见了。

容若急得大叫：“惠儿！惠儿！你在哪里？”

容若正在写字，卢氏静静走来，手里端着一碗参汤，在容若身边站了一阵儿，含笑着柔声提醒道：“夫君，不早了，身体要紧，早点儿歇息吧！”

容若头也不抬，说道：“好了，就快了，只有两行字了。”

卢氏叹息一声。

容若转头，伸手想要抱抱卢氏，安慰她几句，却见卢氏的身形如同烟雾一般，慢慢消散了。

容若哭喊：“娘子！娘子！你不要丢下我！”

容若眼泪未干，沈宛款款走来，劝道：“夫君休要伤心，虽然我们的身体不能长相守，但我们的心灵可以长相知。”

容若收住眼泪，转悲为喜，伸手去拉沈宛，却是一场空。

容若叫：“宛儿，不要离开我！不要离开我！”

康熙二十四年（1685 年）五月三十日。

容若躺在床上，眼前不时出现种种幻觉，他曾经最爱的人、念念不忘的人，似乎都来到了他面前。他不住地跟不同的人说话，嘴里不停地发出呓语。

几位太医交头接耳讨论良方，他们已有些束手无策。容若的好友顾贞观、姜宸英等人在一旁无计可施，只是一遍又一遍地安慰容若：“别担心，你一定会好起来的。”

明珠在一旁眼泪都快急出来了。这次他本来应该扈从康熙出塞，因为容若的病情，康熙帝格外开恩，特准明珠不必随行。看着容若痛苦不堪，嘴里呓语不断，明珠急得恨不能自己亲自代容若受苦。

而容若的母亲爱新觉罗氏，除了闭目念佛，再也做不了什么。

就在八天前，容若还邀请了几个好朋友，包括梁佩兰、顾贞观、姜宸英、吴雯等人，和平常一样，一起去渌水亭饮酒畅谈。

那是如此美好的夜晚，朋友们一个个谈笑风生，古今中外，各种话题轮番被提起，大家谈兴极浓，一个个都抢着说话。

是时温暖宜人，凉风习习，庭院里的夜合花开了，和风送来阵阵清香。容若提议大家各作一首《夜合花》诗，大家诗兴大发，纷纷提笔作诗。

容若稍稍沉吟，很快提笔一挥而就：

夜合花

阶前双夜合，枝叶敷花荣。疏密共晴雨，卷舒因晦明。

影随筠箔乱，香杂水沉生。对此能销忿，旋移迎小楹。

众人欣赏了几回，又吟诵了几回，纷纷叫好。

很快，姜宸英也写完了：

夜合花

窗前故摇曳，况复晓风吹。得地为交让，生庭即采芝。

分阴上阶薄，交翠拂帘迟。良会欢今日，无烦蠲忿为。

容若连连叫好。

诗人们继续饮酒、品诗，午夜时分方才散去。

不料第二日，容若许是饮酒过量，又受了风寒，早上醒了，却无力起来。

容若有些心慌，想起以前患过寒疾，严重到无法起身，莫非这次又是旧病复发?

下人们赶紧向明珠通报容若的病情，明珠心急，立刻喊来太医，同时替容若向康熙告假。

太医们起初仍用旧法，以为给容若发发汗，慢慢也就好了。没想到一直发不出汗，连续五天了，容若还是无法站立。

明珠起初几日还照常上朝，康熙见了明珠，照常总会关心过问容若的病情。第六日，康熙按照原定计划出塞，见容若病情依旧不见好转，特批明珠不必随行，临行前，康熙还口谕让最好的御医为容若去看病。

康熙当然想不到，容若的病情会严重到足以致命。否则，也许他会推迟行期陪伴容若也未可知。他们之间君臣一场，关系已逐渐非同一般。

就这样，连续七天，容若一直高烧，且无法发汗。

且说容若不时产生各种幻觉，亦不时喟叹自己此生做错了许多事情，言语间，不时后悔嗟叹。

容若究竟觉得自己有哪些错呢?

二

对于惠儿，容若是多情之错。

容若有词，“而今真个悔多情”。

无法把握自己和别人命运的时候，多情有什么用呢？徒增烦恼而已。

容若当时深陷情网，一往情深，却眼睁睁任由惠儿离去，自己痛苦不已，最终大病一场。

对于卢氏，容若是疏忽之错。

容若词云，“当时只道是寻常”。

和卢氏耳鬓厮磨、赌书泼茶，本以为会有数不尽的春花秋月，却不料人生如此苦短。早知道卢氏居然会因为生孩子而大难临头，哪怕不要她怀孕，只要她陪着自己就行了，也不会让卢氏如此早早夭亡啊！

对于沈宛，是命运之错，是自己心念之错。

谁让沈宛是汉家女，不为律令所容啊？其实自己早知道沈宛是汉家女，早知道两人相好，终是无言的结局，又何必因为欣赏她的才名而去结识她呢？

这世间种种情爱，总是错误居多。

想那陆游和他的表妹唐婉，本是青春做伴、情投意合，不也是因为陆母对唐婉不满，棒打鸳鸯，陆游和表妹不得不分离，两人一再嗟叹错错错、难难难吗？看看他们的词，哪个字不是和着血与泪？

钗头凤

陆游

红酥手，黄縢酒，满城春色宫墙柳。东风恶，欢情薄，一怀愁绪，几年离索。错、错、错！

春如旧，人空瘦，泪痕红浥鲛绡透。桃花落，闲池阁。山盟虽在，锦书难托。莫、莫、莫！

钗头凤

唐婉

世情薄，人情恶，雨送黄昏花易落。晓风干，泪痕残，欲笺心事，独语斜阑。难、难、难。

人成各，今非昨，病魂常似秋千索。角声寒，夜阑珊，怕人寻问，咽泪装欢。瞒、瞒、瞒。

是啊！人类对于自己的命运与肉身，多么无知与无奈啊！

近年来，不时听闻精英人物猝死的消息。

不少人资产过亿，而他本人正当三四十岁的盛年，却突然非正常死亡。

有一份调查报告显示，2003—2011年，公开报道中能够找到的72位亿万富翁非正常死亡，15名死于他杀、17名死于自杀、7名死于意外、14名被执行死刑、19名积劳成疾早逝。而近两年，因病或劳累过度猝死的案例更为多见。

回过头来看容若。

康熙二十四年五月三十日。

容若渐渐安静，却依然没有发出汗来。太医们心知不妙，果然，不一会儿，容若头一沉，试试鼻息，已是溘然长逝。

人们惊呆了，无法相信容若真的已经离开。

待太医摇头叹息，偌大的明珠府里哭声一片。

对于容若的死因，坊间议论纷纷。

有人说容若是因为惹恼康熙，康熙嫉妒其才，赐其死亡，不少野史以及文艺作品采信了这种说法；有人说容若是因为染上天花，不治而亡；也有人说容若就是患了寒疾，旧病复发，“七日不汗病故”。

对于第一种说法，可能是不够有根据的。容若生病后，康熙是非常关心的。徐乾学写道：

容若既得疾，上使中官侍卫及御医，日数辈络绎至第诊治。于是，上将出关避暑，命以疾增减报，日再三，疾亟，亲处方药赐之，未及进而殁。上为之震悼，中使赐奠，恤典有加焉。

当然，这也只是徐乾学的一人之言。真相只有一个。只不过，有的事，已经永远无法知道真相了。

而我个人，在经历 2014 年 6 月确诊癌症而后动手术，再千方百计康复之后，无意中学到了许多东西。此时，我猜测，容若极有可能死于癌症。只不过，当时还没有“癌症”这个词语。你看，纳兰长期忧愁、郁郁寡欢，他如此愁的程度，很明显已经达到了抑郁症的标准。人长期抑郁，气血瘀滞，更容易形成癌症。后来容若一直高烧不退，也是癌症发作的症状。所以我禁不住做这样的猜测。

文学作品很多时候是一个人心声的流露。容若如此多次地写到“愁”“病”，他这种内心忧郁恰恰是身体健康已经严重受损的心理表现。人的身心是一体的，我本人在癌症确诊前也写过很多伤心伤情的诗，什么“请在一堆碎片中寻我”；写这本书初稿还没有发病的时候，会动不动就流泪、哭泣，这一切，都不是偶然，也不是巧合。

不管容若的真正死因是什么，他在这世间只活了不到31周岁，却是不争的事实。

我国古代经典《左传》曾经提出为人处世的三大标准，即“立德、立功、立言”，并称“此之谓不朽”。后来唐代的一位学者对这“三立”做了精辟的阐述：“立德，谓创制垂法，博施济众；立功，谓拯厄除难，功济于时；立言，谓言得其要，理足可传。”

容若因时运所限，在立功这一块，他短暂的仕途生涯一直是康熙的御前侍卫，这个岗位限制了他的个人发展，也许没来得及有什么政绩，算不上可圈可点；然而在立德、立言方面，却足以流芳千古。

虽然命运错待容若，然而这位“大清第一才子”，却用自己的才华，建设了一个灿烂的诗词王国，他的作品获得了恒久的艺术生命。

「第十六章」 西风吹老丹枫树

死亡对于逝者本人而言，逝者已矣，
一切归于尘土，归于沉寂。
可是对于生者，却是巨大的痛苦。
明珠白发人送黑发人，孩子们幼年丧父，
都是人间悲剧。
那西风不停地吹啊吹，
人间是否有什么，永远不会老去？

一

一头野猪朝明珠冲过来，露出尖尖的牙齿，凶狠地叫着。

明珠一惊，继而转身，镇定地朝那野猪坐下去，把它坐得半死。然而那野猪咆哮呜咽，死命挣扎，还想伺机再咬明珠。

容若突然在一旁出现，一剑把野猪刺死了。他对明珠说：“父亲，您受惊了！”

明珠松了口气，定定神，想去拉容若的手，一起回家。容若却对明珠说：“父亲，您一定要多多保重身体，原谅孩儿不孝。”

话音刚落，容若的身形就渐渐消失了。

明珠大惊失色，伸出去的手落了个空，他惊慌叫道：“若儿！若儿！”

明珠猛地醒来，却原来是一场梦。

好一阵子，明珠才明白容若已经离他而去。

白发人送黑发人，明珠泪湿枕畔。

这个梦起码阐述了明珠内心的两点隐忧。

其一，他担心有人想背后搞他的鬼。野猪代表某种想陷害他的敌对势力。事实上，人生如战场，高处不胜寒。明珠身居高位，一方面，伴君如伴虎，要时时刻刻琢磨皇帝所思所想；另一方面，他还要处处提防觊觎他位置的政敌，明珠不可谓不辛苦。

其二，容若离去，明珠痛失爱子，同时也失去了事业上的一位好帮手。想想容若在世时，毕竟容若在皇上身边，又深受皇帝赏识，每每回家，父子二人略做交流，明珠总能从容若这里得到不少珍贵的信息。加上毕竟容若聪明颖悟，有时候一言两语，还能给明珠处理问题带来不少思路。明珠实在无法适应容若的突然离去。

另外，这个梦也揭示了明珠内心对容若的深情。平日里，明珠对容若非常严格，父子之间极少有肢体接触，而梦里，明珠却要去拉容若的手。

只可惜，容若的手，已经是泥土里的一把枯骨。

想那容若，曾经是何等冰雪聪明的人物？

他生前写信给好朋友严绳孙时，说："昔人言，身后名不如生前一杯酒，此言大是。"

所谓身后名不如生前一杯酒，当然是有典故的。《晋书·张翰传》记载了张翰经常纵酒豪饮、以醉态傲世的故事，这张翰说过一句惊世骇俗的话："使我有身后名，不如即时一杯酒。"此外，"酒仙"李白在《行路难》中也写道："且乐生前一杯酒，何须身后千载名。"

容若的一生，虽然短暂，倒也不枉来这人世一趟。

康熙二十四年（1685 年），沈宛为容若生下遗腹子富森。

康熙二十五年（1686 年），容若葬在京郊皂荚村，自此与挚爱的妻子卢氏长伴。

逝者已矣，而明珠却要打起精神，继续他的人生旅程。

奇怪的是，容若在时，明珠顺风顺水，一路扶摇直上，哪怕遇到什么棘手事，也都能迎刃而解；一旦容若离世，明珠的日子就开始走下坡路了。

二

康熙十八年(1679年)，当时容若25岁。这一年的八月二十八日，京师地震，一时房毁人亡者甚多，魏象枢借地震弹劾明珠。

这魏象枢作为言官，敢讲真话，以整肃纲纪为己任，被史家誉为清初直臣之冠。他作为能臣，在平定三藩之乱、整顿贪官污吏等方面立下大功；作为廉吏，他誓绝一钱，甘愿清贫。

地震当日，魏象枢与副都御史施维翰疏言：“地道，臣也。臣失职，地为之不宁，请罪臣以回天变。”

与此同时，魏象枢还直陈时弊，说众多大臣营私舞弊、贪污受贿，矛头直指索额图、明珠等人。

当时明珠积极妥善处理善后事宜，安抚受灾民众，最终康熙对明珠的信任没有被丝毫动摇。然而到了康熙二十七年（1688 年），也就是容若去世三年之后，同样是遭弹劾，明珠却被罢相，尽管他很快被重新启用，任内大臣，却不再是权倾朝野的风云人物。

后人认为明珠被罢相，其实是康熙本人授意朝臣郭琇所为。康熙本人文韬武略，又善于驾驭臣下，他的一贯作风是玩平衡术，当某一大臣及其派系势力过于强大，他便扶持与之对立的派系，便于自己最终操纵朝政。比如鳌拜飞扬跋扈之时，康熙扶植索额图；当索额图恃功傲上，他支持明珠；而当明珠权倾朝野之时，他自然不能容忍。

康熙二十七年，待一直倚重明珠的太皇太后孝庄离世，康熙到底找了个借口，以“掣肘河务”为由，罢了明珠的相位。也难怪总说“伴君如伴虎”，许多事，此一时，彼一时。

还可以这样理解，容若在世时，一边是父亲，一边是君王，容若会尽可能加以斡旋，如同润滑剂，使得双方矛盾不至于过度激烈。而一旦容若离世，双方的沟通受到限制，君臣关系不知不觉偏离轨道，也是有可能的。但无论如何，明珠勤敏练达、智慧过人，辅佐康熙皇帝在缓和满汉之间的矛盾、消除三藩割据势力、抵御沙俄入侵等方面的历史功绩，是不容抹杀的。

想那容若在世时，每逢和皇帝出塞，思念亲人的时候，父亲明珠也是他思念的对象之一吧？

再来温习容若的一首词：

蝶恋花·出塞

今古河山无定据。画角声中，牧马频来去。满目荒凉谁可语？西风吹老丹枫树。

幽怨从前何处诉。铁马金戈，青冢黄昏路。一往情深深几许？深山夕照深秋雨。

是啊，河山无定据，西风吹老丹枫树，明珠也在渐渐老去。

容若身后，他的后代也都有自己的命运。

容若共有三子四女。

长子富格，由颜氏于康熙十四年（1675年）所生。容若在世时，非常爱这个孩子，还常常带着他去会朋友。一次，容若牵着富格的手对顾贞观说：“此，长兄之犹子。”又牵着顾贞观的手对富格说：“此，孺子之伯父也。”容若离世时，富格10岁，已稍稍懂事。后来富格和他的父亲一样，成了康熙皇帝侍卫，但富格寿命不长，26岁就英年早逝。

次子富尔敦，19岁中举人，20岁中进士，仅做了一任七品官就英年早逝。倒不是命运对纳兰家格外残忍，资料显示，清代人平均寿命仅30多岁，早逝现象比较常见。

第三子富森，为沈宛所生遗腹子，倒还长寿，活过了70岁。

康熙四十七年（1708年），明珠离世，享年73岁。

乾隆二十五年（1760 年），容若的第三个儿子，也就是沈宛为他生下的遗腹子，古稀之年的富森，被皇室邀请参加太皇太后的七十寿宴。

“眼看他起朱楼，眼看他宴宾客，眼看他楼塌了。”

想那纳兰家族，从钟鸣鼎食之家，到星流云散之境，也就短短近百年。

幸亏纳兰词如天空里的星辰，永远在人类的夜空中闪耀。据说容若在世时，已出现“井水吃处，无不争唱《侧帽》《饮水》之篇”的局面。朝鲜人也曾惊叹：“谁料晓风残月后，而今重见柳屯田。”到了今天，美国、日本等国都有纳兰词的爱好者。纳兰词突破了时间和空间的限制，获得了永久的生命。

容若曾写道：“此情待共谁人晓。”纳兰词，最动人、最令人留恋处，是一个“情”字；最让人叹息、让人牵肠挂肚之处，是一个“愁”字。这些情与愁，如何能跨越时间与空间，在我们心头百转千回、久久盘旋?

正如我们前面看到的，容若本人至情至性，他的词作不过是他本人的心声。

真心真情，加上天赋的悟性，以及容若本人勤奋努力、上下求索，他用字奇巧，用典灵活，灵感天成，句子让人过目不忘，作品终于传世。

不过纳兰词传世绝非偶然。

文犹人也。喜爱纳兰词的人，只有了解容若的身世，才能真正把词读懂。当然，懂与不懂，有时候不重要，喜欢就好。

容若在词的艺术领域登峰造极，加上他本人是相门公子、御前侍卫，如此一来，容若的特殊身份、美好人格、隽永词作，共同凝成了动人心魄的纳兰词。

多少人一生只爱纳兰词！

「后　记」　西风多少恨，吹不散眉弯

用生命写作。

我可不愿意用生命去写作，任何人都不可能愿意。

可我在写《纳兰容若传》这本书的时候，又情不自禁前所未有地拼命。而且这期间，我差点儿丢掉了小命。

容若的经历太坎坷也太精彩，让我在不知不觉中废寝忘食、欲罢不能。我常常看完一段材料就写，每每写得忘了吃饭，尤其在夜里，常常一眨眼就过了自己规定的深夜零点钟（我特别讨厌熬夜，规定自己零点前休息），好些日子，都会写得直到头晕眼花、精力耗尽才肯停下来。

2014 年 5 月 23 日，一个噩梦般的日子，对我而言。

这时候《纳兰容若传》刚刚完成初稿，还需要大量修改、增补，纳兰词也还只解读了前 48 首。

可是我拿到一份体检报告，显示我极可能身患鳞状细胞癌。这，怎么可能？我平常身体是非常好的，连感冒都少有，怎么会有这种可能性？

不过说来也怪，这些日子我确实觉得自己的身体总会这里或那里有些不舒服。我感觉不妙，才特意去体检。当医生问及要不要做癌症筛查时，我毫不犹豫地说要，但没想到居然真被怀疑患上了癌症。

这仍然是一个闻癌色变的时代。

难道我刚届不惑、依然年轻的生命历程，真的就要走到尽头了吗？难道我也会像容若一样盛年身亡吗？就像著名演员陈晓旭扮演林黛玉，结果她自己像林黛玉一样得了绝症，难道晓梦斜阳写纳兰容若，结果晓梦斜阳也恰好夭亡吗？命运不会如此残忍吧？这是巧合，还是天意？生命的本质究竟是什么？为什么人类对自己如此无知，如此不能自我控制？

我自己死了，倒也没什么。毕竟人死如长眠，不见得有多么痛苦；人死如灯灭，自己是没有知觉的。可如果真有什么不测，我才12岁的孩子怎么办？我那70岁患了肺癌已经动过手术的老父亲、我60多岁的老母亲，他们能够承受白发人送黑发人的悲痛吗？一直跟我感情非常深厚的两个弟弟，他们都在而立之年，又会受到多大的打击呢？想到这里，我泪涌如泉。

对于癌症，我当然已经有了一些粗浅的了解，比如一定要心态好，注意营养、合理休息、适当运动，就能提高免疫力；还比如，前一阵子恰好看到一本书，书名好像是叫《癌症只是慢性病》，也就是说，癌症其实没那么可怕。

可是，事到临头，可能患癌的噩梦降临到自己身上，就没有那么理性了。

我的生命究竟还可以有多久？我还有时间把这本书写完吗？

这样的日子，我真的很悲观，以至于停笔了一段时间，不能集中精力写下去。

亲爱的读者，当你读到这本书的时候，请祈祷晓梦斜阳依旧健康，还能听到你对这本书的看法和感觉吧！

“要是真的能够穿越，跟纳兰容若面对面交流就好了。这样，写他的人物传记就能写得更真实、更丰满。”就在大约十天前，我还发出过如此感叹。

“你不能跟纳兰容若当面交流。因为如果见了他，你会爱上他。”当时湖南诗人远人开玩笑这样接我的话。

这是2014年5月中旬的某一天夜里，跟几位长住长沙的诗人——韦白、远人、苦茶、汤凌——在长沙市湘春路聚会的时候，我有意谈起正在创作的《纳兰容若传》，想听听他们的意见和建议。没想到这几个平常动不动就因为观点不同而争得面红耳赤的诗人，居然一致喜欢纳兰词。远人还脱口吟诵了一首他在15岁时就已经倒背如流的容若的一首词：

摊破浣溪沙

风絮飘残已化萍，泥莲刚倩藕丝萦。珍重别拈香一瓣，记前生。

人到情多情转薄，而今真个悔多情。又到断肠回首处，泪偷零。

于是觉得自己这些天努力为容若写传是值得的。这次的努力真不是一般程度的努力，确实是全身心投入，以至于从来没有写过古诗词的我，因为熟读纳兰词，写这本书的过程中，某日突然兴起，填了一首词：

浣溪沙

人间五月花凋残，东风已远不堪念，何故无语倚阑干？

长恨此生知事晚，梅开时节掷流光，秋月春风等闲看。

写作过程中，我也曾发微博说：

有朋自远方来，被荒废、一个字都没写的一天过去了，这是前天。

只完成一半任务，茫然写不下去的一天也过去了，这是昨天。

今天虽然也偷偷懒，也拖拖拉拉，可是任务完成得非常好。其中一段，写得哈哈大笑，笑着笑着，却又泪流满面。我是个疯子。

这是2014年5月6日，我在创作《纳兰容若传》的时候，发的一条新浪微博。不知你，亲爱的读者，能否猜出我在写哪段的时候，如此又哭又笑？

容若的才华横溢和武艺高强在这里就不用赘述了。

在我眼里，容若是一个既理性又感性，既成熟又非常孩子气的一个男子。他既具备阳刚之气，又温柔乖巧，所谓侠骨柔肠。这种男人现实生活中确实非常少见，接近完美，无论成为他的亲人、恋人还是朋友，都是前世修来的福分。

在容若写给张纯修的信中，有这样一封信，让我印象非常深刻：

比日未奉教诲，何任思慕。前所云表贴张庆美，幸致其过荒斋。奚汇升以遣其过我。秋色满阶，忽有讯雷，斯亦奇也，不知司天者亦有占验否？此上。不尽，不尽。九月十三日，成德顿首。《从友人乞秋葵种》一绝呈教：空庭脉脉夕阳斜，浊酒盈樽对晚鸦。添取一般秋意味，墙阴小种断肠花。

想想看，从朋友那里讨来秋葵种，当然是用来种花的。通常情况下，这真是小孩子或者女子才会做的事情，很难想象高大孔武、骑射皆精的大男人会有这种举动。然而容若偏偏就去做了，而且还因此赋诗一首，请诗友指教。容若的可亲可爱之处，由此可以窥见一斑。

真的很遗憾，手头掌握的资料太少，而且，所有资料都是对容若的正面肯定，数不尽的赞美和怀念，可我却想找到容若犯过的错。

事实上，想要全面了解一个人，不但要看他做对做好了哪些事、说对说好了哪些话，还要看他做错了什么、说错了什么。

精神分析鼻祖弗洛伊德有一个著名的口误理论，他提醒我们：口误是非常有研究价值的，因为口误其实并非偶然，恰恰相反，口误的内容往往是内心深处的真实想法的反应和写照。

关于口误理论，我在我的一本卖得非常不错的小说《红唇》当中，阐述得非常充分，而且借女主角——电视台美女记者叶梦微写的一个短篇小说《一丝不挂》，把一个口误事件演绎得非常生动（当然，短篇小说《一丝不挂》其实也是我自己创作的，不然就涉嫌侵权了）。

最近在我身上还发生了一个小小的笔误事件：

我在转发一位企业家在微信朋友圈里发的文章时，写了一段说明，但却把“六十年代出生”错写成“六十年代出书”。

“出生”和“出书”，看起来风马牛不相及，但事实并非如此，这样一个错误绝非偶然。

那些日子，我和这位企业家正在谈给他写书的事情，但没有完全谈妥。加上转发他文章的时候，我没有休息好，注意力不是太集中，这个时候，有些行为一不小心是由潜意识接管的。因而，在恍惚状态下，把“出生”错误地打成“出书”，是因为潜意识里，我对这位企业家的经历有兴趣，希望他决定委托我写书。

谁能说这样一个笔误只是偶然，只是巧合呢?

我想说的是，在所有的资料里，我都看不到纳兰容若做错过什么、说错过什么，假如能够找到他犯过的错误，就可以对他进行更深入的分析。可是，没有。这样一来，对容若的了解就更不够全面了。

写这本书的过程中，我的心头时不时会浮起一位有笑容也有愁容的英俊男子，他既能弯弓射大雕，又能花间吟妙句；他既英勇盖世又温柔多情。

恍恍惚惚中，似乎总是会见到容若不自觉地微微锁眉，为自己惆怅的处境，为心底深深爱着的女人。所谓“西风多少恨，吹不散眉弯”（语出纳兰词《临江仙·寒柳》）。

而此刻的我，经历过许多事，容易看透事，容易读懂人。容若也一样，他年纪轻轻的时候已经经历生老病死，应该是能够把人生看得更透的，可是他一样还有那么多的事情放不下。

其实把人、事、物真正看透，有时候是一件极其悲哀的事。宁愿入迷、沉迷、痴迷于某些东西。

不是说人生如梦吗?乖乖地待在梦里，不要醒来。

禁不住一声叹息。

应该说，这些日子绞尽脑汁，努力阅读资料，也用心思考如何根据有限的史料还原一个尽可能真实的容若。每天心力交瘁，却因此对历史、对容若有了更多了解，内心充满喜悦。

但，限于本人的学识，加上资料极少，无论是这本传记，还是随后对部分纳兰词所做的简要解读，谬误之处肯定难免。

其实到底要不要把我对纳兰词的理解用文字表达出来，我是有犹豫的。纳兰词那么唯美，每一个字，每一处典故，都是精雕细刻的，加上古诗词特有的平仄和韵律，读起来朗朗上口，而我的解读却难免有生搬硬套之嫌，加上解读不可能还遵循平仄和音韵，只能是东施效颦；诗词中涉及的一些典故可能是我们不知道的；出于保护隐私考虑，容若有可能故意把一些事情写得隐晦；更何况，肯定还有误读（当然，词被误读，只要不是硬伤，倒也无妨。有道是，对于诗词，所有的解读都是误读）之处，如此辛辛苦苦加以解读，不见得准确，甚至可能闹出笑话，岂非费力不讨好？毕竟诗词以婉转、含蓄为美，现代诗都容易产生误读，就更别说多有讲究的古体诗，那些平仄、韵律、格式、用典等，是非常限制表达的。

然而一转念，觉得至少可以做个尝试。把部分解读附后，至少有几个意义：可以帮助比较忙碌的读者对纳兰词的大意有个了解；精通纳兰词的人也许能从我的解读里有新的发现；整理出来之后，还能与各位纳兰词研究者一起学习，改正错误认知。

由此看来，解读纳兰词倒也并非一无是处。于是，决定先解读前面 50 首，与读者分享。假如读者们确实有需求，此书再版时，再解读余下的词。

我当勉力为之。

期待大家共同探讨，不吝指教。

2014 年 6 月 6 日下午，我在湖南湘雅附一医院拿到的活检结果显示，我被确诊为高中分化鳞癌。

真得了癌症！悲伤、恐惧汹涌而来。

唉！这本《纳兰容若传》，我本来可以修改得更完美一些，但是可能没那么多精力和时间了。如果我自己不是心理咨询师，不懂得使用精神力量，现在已经倒下了。去医院之前，我镇定地把稿子传给主编，再给他发一条短信告之。而后，我悲壮地、默默地走向自己的命运。

我会尽可能乐观，努力，活得更久一些。

祝福每一位读者，也请大家为我祈祷。

晓梦（郭晓燕）

2014 年 6 月 7 日晨

于长沙

「再　记」

各位上面读到的是三年前我被确诊为癌症之时写的后记。大家应该明白开篇的意思了，谢天谢地，我还活着。

今天的我，已经彻底康复，而且毕竟亲身经历了一场恶战，因而对健康有了不少突破性的了解。癌症确实是非常凶险的疾病状态，一个人如果被确诊为癌症，那么此人的身体健康几乎面临崩溃，各类毒素已经聚集成灾，确实需要抱着打攻坚战、持久战的心态，树立信心、找对医生、不断学习、付诸行动，才有希望痊愈——不然也不会有那么多人因癌症去世了。

曾经我们认为文学、诗歌之类的东西是无用的，但我现在要说，它们非常有用。精神力量可以改变一个人的精神状态，提供精神能量，使我们获得更为美好的人生体验。

这次修订，纳兰词又多解读了 30 首。

希望大家有收获，好好过自己的人生。

默默祝福。

2017 年 7 月 25 日夜

晓梦（郭晓燕）

于长沙

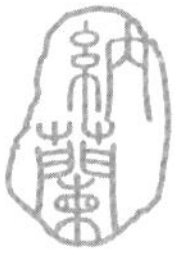
納蘭

晓梦解读纳兰词80首

忆江南

昏鸦尽，小立恨因谁？急雪乍翻香阁絮，轻风吹到胆瓶梅，心字已成灰。

晓梦解读

黄昏时分，有人停下脚步，抬头看一群乌鸦向天边飞去，慢慢不见了它们的踪影。这个人的心里在怅怅地思念着谁呢？

大雪飘飞，笼罩着女子的闺房，如同柳絮翻飞，桌上的胆瓶里插着一枝梅花，轻风吹过，满室生香。而案上的“心”字香，已经烧完，悉数化作灰烬。

心字香成灰；心，也成灰了吧？

赤枣子

惊晓漏，护春眠。格外娇慵只自怜。寄语酿花风日好，绿窗来与上琴弦。

晓梦解读

不知不觉中，被清晨的漏壶声惊醒了，懒洋洋地不想起来，还想再睡一觉。可惜只能自恋自怜，没个人相亲相爱。

那些含苞待放的花朵呀，春光这么好，希望你们能早点儿开放吧！那促进万物生长的春风暖阳，透过绿色的窗纱，来轻抚琴弦。

忆王孙

西风一夜翦芭蕉，倦眼经秋耐寂寥？强把心情付浊醪。读《离骚》。愁似湘江日夜潮。

晓梦解读

一夜西风，将那芭蕉树摧折得一片狼藉。夜里没睡好，身心疲倦，如何来经受这秋日的寂寥？勉强拿来一壶浊酒，品品酒，读读屈原的《离骚》。这心中的愁怨啊，恰似屈原诗中的湘江水，日日夜夜潮起潮落，永不停息。

玉连环影

（按此调谱律不载，疑为自度曲）

何处？几叶萧萧雨。湿尽檐花，花底人无语，掩屏山，玉炉寒。谁见两眉愁聚倚阑干。

晓梦解读

醒来不知身在何处。窗外雨声萧萧，打得几片树叶飘零而下，房檐下开着的花，也被打湿了。看花的人沉默不语，轻蹙双眉，倚着栏杆独自愁怨。而屋子里画着山水的屏风轻掩，熏香炉袅袅冒着寒烟。

遐方怨

欹角枕，掩红窗。梦到江南伊家，博山沉水香。湔裙归晚坐思量。轻烟笼翠黛，月茫茫。

晓梦解读

倚着枕头，掩上朱窗，小憩一阵，居然梦见到了江南伊人的家里。博山炉里点着沉香，轻烟缓缓飘散。而她去溪边浣纱祈福，边洗边想心事，费尽思量。薄雾轻轻笼罩在她的眉间，月色茫茫。她很晚才回家。

诉衷情

冷落绣衾谁与伴？倚香篝。春睡起，斜日照梳头。欲写两眉愁，休休。远山残翠收。莫登楼。

晓梦解读

倚在熏香炉旁懒懒的，没个人做伴，把绫罗锦绣的衣裳冷落一旁。春天的早晨睡醒了爬起来，太阳都升得老高了，在阳光下梳理满头秀发。照照镜子，如同远山一样的眉峰都淡了，本想画画眉毛，愁眉紧锁的，还是算了吧。就别去登楼远眺了。

如梦令

正是辘轳金井，满砌落花红冷。蓦地一相逢，心事眼波难定。谁省？谁省？从此簟纹灯影。

晓梦解读

在装了辘轳的井旁，井台上落花满地。偶然与佳人相逢，却见她心事重重，眼波游移不定。谁能了解这心中的苦楚啊？从此后，孤灯只影，玉簟凄清，孤枕独眠。

如梦令

纤月黄昏庭院，语密翻教醉浅。知否那人心？旧恨新欢相半。谁见？谁见？珊枕泪痕红泫。

晓梦解读

黄昏庭院里，弯弯新月下，两人有诉不尽的相思衷肠，我的心都醉了。可是现在，那个人的心思谁知道呢？一半是新欢，一半是故旧吗？谁能明白呢？不知不觉中满脸泪水，把红色的珊瑚枕头都打湿了。

如梦令

木叶纷纷归路，残月晓风何处。消息半浮沉，今夜相思几许。秋雨，秋雨，一半西风吹去。

晓梦解读

这首词到今天依旧明白如话，任何翻译或者解读对它都会是一种损伤。

天仙子

梦里蘼芜青一翦，玉郎经岁音书断。暗钟明月不归来，梁上燕，轻罗扇，好风又落桃花片。

晓梦解读

剪下青青蘼芜做香囊的日子已经像梦一样不可追寻，情郎一去不回，好几年没了音信。缥缈的钟声里，朗朗的月光下，始终没有等到他归来的消息。春来燕子绕梁，夏日轻舞罗扇，转眼间，一年就过去了，而东风又带来片片飘零的桃花瓣。

天仙子

好在软绡红泪积，漏痕斜罥菱丝碧。古钗封寄玉关秋，天咫尺，人南北，不信鸳鸯头不白。

晓梦解读

你写信的软绡上留着泪痕，那泪水浸过的字如草书笔法，看起来像斜挂着的碧色菱蔓。我把玉门关的秋天用古钗笔法写下来寄给你。长天近在咫尺，而人却各自南北。如此分离，一对鸳鸯拆散在两地，怎会不把头愁白呢？

天仙子·渌水亭秋夜

水浴凉蟾风入袂，鱼鳞触损金波碎。好天良夜酒盈樽，心自醉，愁难睡，西南月落城乌起。

晓梦解读

月亮倒映在水中，凉风吹动衣袂。水面波光粼粼，如同一池碎金。如此良辰美景，杯子里的酒满满的，却没有心思痛饮，端的是，酒不醉人人自醉。这心中愁怨难平，无法入睡。月亮从西南方落下去，城楼上有乌鸦被惊飞了。

江城子

湿云全压数峰低，影凄迷，望中疑。非雾非烟神女欲来时。若问生涯原是梦。除梦里，没人知。

晓梦解读

神女峰前低低地压着几朵雨云，显得影影绰绰，一片凄迷，让人看不清楚。烟非烟，雾非雾，如此祥瑞的云，让人觉得神女真要降临了。要问人的一生是否就是一场梦？除非是在梦里，醒时没有人知道答案。

长相思

山一程，水一程，身向榆关那畔行，夜深千帐灯。

风一更，雪一更，聒碎乡心梦不成，故园无此声。

晓梦解读

平白如话的古诗文不需要解读。

据考证这首词写于康熙二十一年。是年三月，康熙因云南平定，出关东巡，祭告奉天祖陵。君臣跋山涉水，迎着风雪，奔赴山海关，夜深则每顶帐篷前都点起灯火。在夜里，一会儿寒风呼啸，一会儿大雪飘飞，无法成眠，会更加深切地思念家乡。在家乡，哪里会听到这种声音呢？

相见欢

微云一抹遥峰，冷溶溶，恰与个人清晓画眉同。

红蜡泪，青绫被，水沉浓，却与黄茅野店听西风。

晓梦解读

青山迢迢，横着一抹微云，在这微凉的季节，看到这淡淡的远山，恰如美人的蛾眉，不禁想起心爱的那个女子，清晨起来，揽镜自照，在俏脸上一笔一笔，轻轻画出的眉峰。

遥想红烛垂泪，青绫被暖，沉香炉青烟袅袅，多么温暖动人啊！可此时，我却在这荒郊野岭的旅店里，听着西风一阵一阵吹过，仿佛把自己的魂魄都吹散了。

相见欢

落花如梦凄迷，麝烟微，又是夕阳潜下小楼西。

愁无限，消瘦尽，有谁知？闲教玉笼鹦鹉念郎诗。

晓梦解读

落花时节，花瓣缓缓飘飞，梦一样凄美。炉里焚烧着麝香，薄烟袅袅，芳香沁人心脾。小楼外，又已是夕阳西下。

心底的忧愁无边无际，身形一天天消瘦清减。闲来无事，试着教笼子里的鹦鹉念心爱的人儿写的诗。

昭君怨

深禁好春谁惜？薄暮瑶阶伫立。别院管弦声，不分明。

又是梨花欲谢，绣被春寒今夜。寂寂锁朱门，梦承恩。

晓梦解读

深宫里，纵然春光浪漫，花草无边，又有谁会怜惜呢？黄昏时分，佳人伫立在石阶旁，神色黯然，隐隐约约听到其他庭院传来管弦声。

梨花快要谢了，而夜里依然春寒，还要盖上绣被。红色的大门紧锁着，无声无息，却梦见自己深受恩宠。

昭君怨

暮雨丝丝吹湿，倦柳愁荷风急。瘦骨不禁秋，总成愁。

别有心情怎说？未是诉愁时节。谯鼓已三更，梦须成。

晓梦解读

黄昏时分，下起丝丝细雨，一阵风起，吹湿了我的衣裳。柳枝低垂，荷叶在风里翻飞。我形容憔悴，加上瘦骨嶙峋，哪里经得住这秋风秋雨啊？一天到晚愁肠百结。

什么心情都没有，我该从何说起呢？现在根本不是诉说愁苦的时候。谯楼已然敲响三更鼓，也该进入梦乡了。

酒泉子

谢却荼蘼，一片月明如水。篆香消，犹未睡，早鸦啼。

嫩寒无赖罗衣薄，休傍阑干角。最愁人，灯欲落，雁还飞。

晓梦解读

荼蘼花已经开谢了，窗外已然月光如水。一盘香已经燃尽，人还没睡着，听见远远传来乌鸦的啼声。

夜里有微微寒意，绮罗衣衫便显得单薄，别在外面独倚栏杆。最让人发愁的时刻是：灯快要灭了，而屋外的天空里，大雁依然翩翩而飞，思念的人儿却还没有归来。

生查子

东风不解愁，偷展湘裙衩。独夜背纱笼，影著纤腰画。

爇尽水沉烟，露滴鸳鸯瓦。花骨冷宜香，小立樱桃下。

晓梦解读

这悠悠东风怎么可能了解人内心的愁苦呢？它只是一个劲儿地吹呀吹，把裙摆都吹得展开了。夜晚独自挑着一盏纱制的灯笼，人影投射在地上，腰肢细细的，犹如一幅画。

沉香快要烧尽了，成对垒着的瓦片上，都凝出了露水。花朵就要盛开了，在清凉的空气里散发芳香。那女子单薄的身影与这情景倒是极为相称，她独自款款站在樱桃树下，无限思念着远方的人儿。

生查子

鞭影落春堤，绿锦障泥卷。脉脉逗菱丝，嫩水吴姬眼。

啮膝带香归，谁整樱桃宴？蜡泪恼东风，旧垒眠新燕。

晓梦解读

这是容若殿试第十名那一年，也就是康熙十五年（1676 年）写的一首词。让人想起“春风得意马蹄疾，一日看尽长安花”的句子。

词的大意是：挥鞭策马，鞭影落在春天的堤岸上。一望无际的都是如同锦缎一般的绿草，连马背上的障泥都派不上用场，索性卷了起来。满腹柔情地在水边逗弄了一会儿菱蔓，水波盈盈，如同吴地美女们的眼波。

我骑着骏马带着春天的芬芳回到家里。是谁家又有人金榜题名，在整樱桃宴了呢？点上蜡烛，东风摇曳，蜡泪流得四处都是。檐前燕子的旧垒中，又添了雏燕吧？

生查子

散帙坐凝尘，吹气幽兰并。茶名龙凤团，香字鸳鸯饼。

玉局类弹棋，颠倒双栖影。花月不曾闲，莫放相思醒。

晓梦解读

把书帙打开，却无心阅读，书简上沾满了灰尘。幸有佳人相伴，她吹气如兰，让人心情愉悦。我们喝着龙凤团茶，点着鸳鸯香饼，一起下棋，两个人的影子投在棋盘上。这样的春花秋月，每一刻流光都不曾辜负。但愿命运怜惜我们，别让这相爱相思、如梦似幻的日子突然醒过来。

生查子

短焰剔残花，夜久边声寂。倦舞却闻鸡，暗觉青绫湿。

天水接冥濛，一角西南白。欲渡浣花溪，远梦轻无力。

晓梦解读

蜡烛已经燃得只剩下短短一截，不时还用剪刀剔去烛花。夜已深了，四周都安静下来。舞剑舞得累了，回头听到鸡鸣，突然发觉身上的青绫已经被露水浸湿。但见水天一色，幽暗不明，西南边的一角，似乎天都要亮了。好不容易睡下，梦见自己要渡过浣花溪，却明白那里太远，梦里轻飘飘的，浑身无力。

生查子

惆怅彩云飞，碧落知何许？不见合欢花，空倚相思树。

总是别时情，那得分明语。判得最长宵，数尽厌厌雨。

晓梦解读

惆怅彩云飞逝，不知消失在天的哪一处？不能与她相伴，看不见合欢花，枉自独倚相思树。

总是忍受着离情别绪，什么时候才能对着她把相思之苦明明白白地述说清楚呢？一心想要一个最长的不眠之夜，和她喃喃私语，细数绵绵的雨滴。

点绛唇·咏风兰

别样幽芬，更无浓艳催开处。凌波欲去，且为东风住。

忒煞萧疏，怎耐秋如许？还留取，冷香半缕，第一湘江雨。

晓梦解读

那别样的清香不知从何而来，也没看到浓艳的花朵盛开。好不容易发现飘飘欲飞的雅致小花，如同仙子凌波欲去，却又多情地为风停留。

这天气实在萧瑟了些。如此柔弱的花儿，怎能耐得住这样杀气腾腾的秋天呢？在这样的时候还能留住一缕清香，也算得是湘江秋雨中最难一见的景致了。

点绛唇

一种蛾眉，下弦不似初弦好。庾郎未老，何事伤心早？

素壁斜辉，竹影横窗扫。空房悄，乌啼欲晓，又下西楼了。

晓梦解读

同样是蛾眉一般的弯月，下弦月比不上初七、初八时的弯月。因为初弦之后，月亮就圆了。庾郎[1]还没老呢？什么事让你早早就觉得伤怀？

月光斜斜地照进来，投在白墙上，竹子的影子横在窗台上，不住地摇曳。那人独守空房，夜静悄悄的。乌鸦的啼声响起来，东方既白，天要亮了，而月亮也已下了西楼。

点绛唇·黄花城早望

五夜光寒，照来积雪平于栈。西风何限，自起披衣看。

对此茫茫，不觉成长叹。何时旦？晓星欲散，飞起平沙雁。

---

[1] 庾郎：即庾信，南北朝后周人，善骈文，著有《伤心赋》，伤其女儿与外孙相继而去时的悲伤。

晓梦解读

五更时分，夜色蒙蒙，寒气袭人。微光中，见积雪未融，与栈道平齐。那西风不停地吹呀吹，让人无法再睡，索性起来，披件衣服，朝外看出去。

对着这茫茫天色，不由得长长叹息。天什么时候才亮啊？那星星看起来似乎渐渐淡了，从远远的沙丘上，飞起一群大雁，它们是要回到自己的家乡吧？

点绛唇

小院新凉，晚来顿觉罗衫薄。不成孤酌，形影空酬酢。

萧寺怜君，别绪应萧索。西风恶，夕阳吹角，一阵槐花落。

晓梦解读

独自坐在小院里，天色渐晚，突然觉得有些凉，身上丝织的衣裳变得有点儿单薄。一个人对着影子饮酒，倒不能说是独饮了。李白不是说“举杯邀明月，对影成三人”吗？

想起在萧寺与君惺惺相惜，现在我们天各一方，应该你也觉得兴味索然吧？这西风真是猛烈呀！夕阳下在西风中吹响号角，惹得槐花都一阵阵飘落。

浣溪沙

泪浥红笺第几行，唤人娇鸟怕开窗，那能闲过好时光。

屏障厌看金碧画，罗衣不耐水沉香。遍翻眉谱只寻常。

晓梦解读

眼泪把红色的信笺都打湿了几行。鸟儿已经会叫人，怕它见了人就叫你的名字，害得我空欢喜一场，我都不敢开窗，还能到哪里找回我们等闲度过的美好时光？

屏风上金碧辉煌的画我都觉得厌烦，衣服上沉香的味道也无法让我喜欢。把眉谱翻了个遍，还是觉得太寻常，找不到自己想要的样子。如此心烦意乱，只因心底有浓浓的思念。

浣溪沙

伏雨朝寒愁不胜，那能还傍杏花行？去年高摘斗轻盈。

漫惹炉烟双袖紫，空将酒晕一衫青。人间何处问多情。

晓梦解读

雨连绵不断地下着，清晨起来，无限烦恼忧愁，哪里还能够去杏花下走走呢？唉，想起去年此时，她还爬到树上去摘花，和人比赛看谁爬得高啊！

遥想香炉上的青烟缭绕着佳人紫色的双袖，此时我徒然忆旧，喝酒喝得脸上一片晕红。这人间，还能到哪里去寻找这样一份深情呢？

浣溪沙

谁念西风独自凉，萧萧黄叶闭疏窗，沉思往事立残阳。

被酒莫惊春睡重，赌书消得泼茶香，当时只道是寻常。

晓梦解读

独自立在寒凉的西风里，苦苦思念着谁呢？黄叶萧萧落下，窗户紧掩。在这斜阳的余晖里，我陷入对往事的追忆中。

那时候是春天，和她一起喝酒，她喝得太多，春眠迟迟未醒，也不准人来惊扰她。像李清照和她的夫君赌背书一样，输了的喝茶，有时候和她赌书，两个人笑闹不休，茶都泼了出来，满室茶香。这些事，在当时看来如此寻常，如今伊人已逝，再也不可能重现了。

浣溪沙

莲漏三声烛半条，杏花微雨湿轻绡，那将红豆寄无聊？

春色已看浓似酒，归期安得信如潮，离魂入夜倩谁招？

晓梦解读

莲漏轻响三声，已是深夜，蜡烛也燃得只剩半支了。出去看了一回杏花，微风细雨，把我薄薄的衣衫淋得湿湿的。心绪如此无聊，相思如此浓烈，该寄向何方呢？

这春色已深，浓如烈酒，归期能否如潮水有信？离魂依依，夜来相思，有谁与共？

浣溪沙

消息谁传到拒霜？两行斜雁碧天长，晚秋风景倍凄凉。

银蒜押帘人寂寂，玉钗敲烛信茫茫，黄花开也近重阳。

晓梦解读

谁把我的消息传到拒霜花盛开的故乡呢？万里无云的长天上，两行大雁在碧空里飞翔。已经是晚秋了，这风景着实容易让人倍感凄凉。

那银蒜压着的珠帘里人声寂寂，她用玉钗轻轻敲着烛花，全然不知道我的音信。庭院里菊花盛开，重阳节又近了。古人说得真好啊！“独在异乡为异客，每逢佳节倍思亲。”

浣溪沙

雨歇梧桐泪乍收，遣怀翻自忆从头，摘花销恨旧风流。

帘影碧桃人已去，屧痕苍藓径空留。两眉何处月如钩？

晓梦解读

雨声渐歇，梧桐也不再点点滴滴，如同佳人收起梨花泪。本想四处走走排遣悲怀，却不料反倒从头忆起往事。摘下数枝花，恨不能把往日的忧伤通通忘掉，一笔勾销。

碧桃犹开，帘影里，伊人已去；苍苔上，鞋痕犹在，小径却空无一人。那两眉弯弯如月的人儿，现在在哪里呢？

浣溪沙

西郊冯氏园看海棠，因忆《香严词》有感

谁道飘零不可怜，旧游时节好花天，断肠人去自今年。

一片晕红疑著雨，晚风吹掠鬓云偏。倩魂销尽夕阳前。

晓梦解读

谁说花朵飘零的景致不堪怜呢？以前来游玩的时候，花开得正好。然而佳人一去，转眼就几年了，真是令人断肠。

一片红花的花瓣被春雨打湿，晚风徐徐，吹得美人儿的发髻都偏了，而夕阳西下的美景令她为之销魂。

浣溪沙

按：此阕与前“伏雨朝寒”字句略同，顾刻本“西郊”二阕接录，故因之。

酒醒香销愁不胜，如何更向落花行？去年高摘斗轻盈。

夜雨几翻销瘦了，繁华如梦总无凭。人间何处问多情？

晓梦解读

这首与此前一首大体相同，读者可以自行比较：

伏雨朝寒愁不胜，那能还傍杏花行？去年高摘斗轻盈。

漫惹炉烟双袖紫，空将酒晕一衫青。人间何处问多情。

浣溪沙

欲问江梅瘦几分，只看愁损翠罗裙。麝篝衾冷惜余熏。

可耐暮寒长倚竹，便教春好不开门。枇杷花下校书人。

晓梦解读

此诗写于容若30岁，为沈宛而作。

想问江边的梅花，伊人又瘦了几分？只需看看，她尽日忧愁，日渐消瘦，把翠罗裙改小了，洗过之后，在燃烧麝香的熏笼上烘着，等衣服凉了，上面会有淡淡的香。

日暮天寒，她无可奈何地倚着修竹，思念远方的人。即便是春色晴好，也不想开门外出。只在那枇杷花树下，一卷在握，沉浸在文字中，才能暂时忘掉烦恼。

浣溪沙

一半残阳下小楼，朱帘斜控软金钩。倚阑无绪不能愁。

有个盈盈骑马过，薄妆浅黛亦风流。见人羞涩却回头。

晓梦解读

容若的一些作品无法确定创作年代，这首词，据推测是为表妹而写。可能是当时的心情写照，也可能是日后的回忆。

小楼外，夕阳已经落下一半，余晖把用金钩斜斜拢住的帘子都映红了。独自倚着栏杆，没个好心情，不能自已地忧愁。

有个曼妙的女子骑马而过，她化着淡淡的妆，却无比风流。见有人在看她，非常害羞，骑马走远了却又回眸一笑，百媚尽生。

浣溪沙

睡起惺忪强自支，绿倾蝉鬓下帘时，夜来愁损小腰肢。

远信不归空伫望，幽期细数却参差，更兼何事耐寻思？

晓梦解读

睡眼惺忪地爬起来，解散蝉鬓，把头发瀑布一般放下来。夜来愁怨，日渐消瘦，腰都变细了。

远方许久没有消息，让人望眼欲穿。仔细算算离约定的日子到底还有多久，却精神恍惚，算不太清。还有什么事值得细细寻思一番呢？

浣溪沙

五月江南麦已稀，黄梅时节雨霏微，闲看燕子教雏飞。

一水浓阴如罨画，数峰无恙又晴晖，湔裙谁独上鱼矶。

晓梦解读

五月的江南，小麦已收割得差不多了。正赶上黄梅时节，雨丝纷纷飘落，闲来无事，看燕子教雏燕学飞。

一条小河静静流过，如同色彩缤纷的图画，云开雾散，青山依旧沐浴在晴朗的天空下。那独自到水边岩石上湔裙并祈福的，是谁家女子？

浣溪沙

残雪凝辉冷画屏。落梅横笛已三更，更无人处月胧明。

我是人间惆怅客，知君何事泪纵横，断肠声里忆平生。

晓梦解读

据说明珠读到此词，老泪纵横，不住地叹息："这孩子，他要什么我都可以去想办法，他怎么就这么不快乐呢？"

残雪的微光投射在屏风上，让人觉得特别冷。已是三更了，还有人用横笛吹奏凄婉的《落梅花》。此时四野无人，月色微明。

我也是人间的一名惆怅客啊！我了解会是什么样的事情让你泪流满面。在凄婉断肠的笛声里，回忆自己凄凉的一生。

浣溪沙·咏五更和湘真韵

微晕娇花湿欲流，簟纹灯影一生愁，梦回疑在远山楼。

残月暗窥金屈戌，软风徐荡玉帘钩，待听邻女唤梳头。

晓梦解读

那女子脸色微红，孤枕独眠，一双秀目似乎随时可以流下泪来。她独卧玉簟，对着灯影愁个不休。多少次梦回，以为自己越过远山，和情郎共处一楼。

一弯残月，照着门窗上的铜环，微风徐徐，摇荡着帘钩。眼睁睁地无法入睡，等着听邻家女子起来，唤人梳头。

浣溪沙

五字诗中目乍成，尽教残福折书生，手挼裙带那时情。

别后心期和梦杳，年来憔悴与愁并，夕阳依旧小窗明。

晓梦解读

你我两人一次偶然的眉目传情，就促使我写出了一首五言诗，可见你是我的灵感之源啊！只可惜我们之间缘分太浅，很快就分离了。这短暂的幸福真是苦了我这落魄书生。我记得许多和你有关的细节，比如那时你用手揉搓裙带，娇羞可爱的样子让我情不自禁。

自别后，你的心思如梦一般杳无消息，这些年来，惆怅和哀愁一直折磨着我。夕阳依旧，把小窗照得如此明亮。然而佳人啊，你在何方？

浣溪沙

记绾长条欲别难，盈盈自此隔银湾，便无风雪也摧残。

青雀几时裁锦字，玉虫连夜翦春幡，不禁辛苦况相关。

晓梦解读

记得那时在柳树下，你用手绾着枝条，我们难舍难分。从此后，我们如同牛郎织女隔着银河一般，不得相见。这种情形，即使没有经历风霜，我的身心也备受摧残。

青鸟什么时候才能衔来锦字书呢？我们连夜就着蜡烛剪春幡，准备迎接春天。即使剪累了也不停歇，因为这是我期盼的事情。

浣溪沙·古北口

杨柳千条送马蹄，北来征雁旧南飞，客中谁与换春衣？

终古闲情归落照，一春幽梦逐游丝。信回刚道别多时。

晓梦解读

我们骑马疾行在柳树林中，杨柳依依，春回大地。以前南飞的大雁已经归来了。季节暗暗变换，在这旅途中，有谁能给我们送来春天的衣物呢？

自古以来，面对夕阳，人们容易生出闲情暗恨。见到几缕蛛丝，在夕阳余晖里闪着幽光，缓缓飘动，如同一春幽梦。刚刚收到的家书里说，离别已有多时，也快回家了吧？

浣溪沙

身向云山那畔行，北风吹断马嘶声，深秋远塞若为情！

一抹晚烟荒戍垒，半竿斜日旧关城。古今幽恨几时平！

晓梦解读

向着高耸入云的山前进，北风呼啸着，把马嘶声都吹得断断续续。深秋的边塞，如此艰难困苦，让人情何以堪？

在荒凉萧瑟的营垒边，升起了袅袅炊烟。只剩半竿高的夕阳照着古老的关城。古往今来，人们来此地难免心生幽恨，积压了这么多愁怨如何才能平息下来？

浣溪沙

万里阴山万里沙，谁将绿鬓斗霜华？年来强半在天涯。

魂梦不离金屈戍，画图亲展玉鸦叉。生怜瘦减一分花。

晓梦解读

阴山连绵无际，风沙万里。那乌黑的发髻怎么会不很快染上霜华呢？一年过去了，大部分时间人在天涯。

每每做梦都会梦见回家轻叩门环，梦见戴着玉鸦叉的佳人亲手展开图画。她因为深深的思念而消瘦，让人无比怜惜。

浣溪沙

旋拂轻容写洛神，须知浅笑是深颦，十分天与可怜春。

掩抑薄寒施软障，抱持纤影藉芳茵，未能无意下香尘。

晓梦解读

一个女子转头轻轻拂起薄薄的纱裙，款款而行，真是美如洛神。

在我眼中，无论她微微浅笑，还是紧锁愁眉都一样可爱。此时此刻，天色那么美好，春天如此可爱。

搭好软帐来阻挡轻寒，芳草如茵，我们坐在草地上紧紧依偎在一起。怀抱着她纤纤的腰肢，我恍然如梦。此情此景，纵使是仙人也不会不愿意来到这凡尘。

浣溪沙·庚申除夜

收取闲心冷处浓，舞裙犹忆柘枝红。谁家刻烛待春风？

竹叶樽空翻彩燕，九枝灯灺颤金虫。风流端合倚天公。

晓梦解读

这是康熙十九年（1680年）除夕，即容若二十六岁那一年的作品。

这首诗的大意是：勉强收拾好自己的心情，找寻些闲情逸致，在这寒冷的时刻怀念当年的浓烈情怀，回忆一起看穿红着绿的女孩子跳柘枝舞的开心时刻。如今还是这样的舞蹈，我怎么就这么没情绪呢？已有人开始刻烛，用来计时，等待春天来临。

杯子里的竹叶青酒已经喝完了，九支灯烛也将燃尽，那闪闪的烛芯如同金虫。人们想要一辈子富贵风流，事事如意，确实需要倚仗天公。

浣溪沙·红桥怀古和王阮亭韵

无恙年年汴水流，一声水调短亭秋，旧时明月照扬州。

曾是长堤牵锦缆，绿杨清瘦至今愁，玉钩斜路近迷楼。

晓梦解读

汴水年年依旧，水调声声，长亭连着短亭，那照耀着扬州城的，是旧时的明月。

隋炀帝时代的宫女们，现在人在银河的哪一处？被赐姓“杨”的柳树依旧清瘦，让人顿生离愁。直到现在，竹西亭边，还有人吹奏以前的曲调。

浣溪沙

凤髻抛残秋草生，高梧湿月冷无声，当时七夕有深盟。

信得羽衣传钿合，悔教罗袜送倾城，人间空唱雨淋铃。

晓梦解读

亡妻高高的发髻早已散乱甚至没有残余了吧？坟头上已是秋草遍黄了。抬头看看高高的梧桐树，一轮月亮湿冷冷的，没有声息。而当年七夕夜，我们曾经海誓山盟永不分离。

以前相信神仙会传送亡人物件，深悔把亡妻所有的遗物都陪葬了。独留我一人在这里苦苦思念，空自嗟叹心伤。

浣溪沙

肠断斑骓去未还，绣屏深锁凤箫寒。一春幽梦有无间。

逗雨疏花浓淡改，关心芳草浅深难。不成风月转摧残。

晓梦解读

那人骑着花马一去不回，真是令人断肠。从此绣楼深锁，足不出户，凤箫声声，心底苦寒。整个春天，似梦似醒，若有若无。

细雨霏霏，花瓣的色彩变得浓淡不一，想去看看草色浅深，似乎都很勉强。两情离散，我心摧伤。

浣溪沙

十二红帘窣地深，才移刬袜又沉吟，晚晴天气惜轻阴。

珠袂佩囊三合字，宝钗拢髻两分心，定缘何事湿兰襟。

晓梦解读

绣着太平鸟的帘子长长地垂到地上。伊人穿着罗袜在地上慢慢走，才走几步又停下来沉吟，似乎怕踏坏了投在地上的树荫。

装饰着珠子的裙带上佩着香囊，如同三合的吉字，发髻用宝钗拢着，分开成了心形。既然已经定下姻缘，又为什么泪湿兰襟？

浣溪沙

容易浓香近画屏，繁枝影著半窗横。风波狭路倍怜卿。

未接语言犹怅望，才通商略已瞢腾。只嫌今夜月偏明。

晓梦解读

显然这是一首描写情侣幽会的词。

浓香弥漫，有人靠近画屏。繁茂的枝叶树影遮蔽了大半扇窗子。心上人来时只能走小路，历经波折，让人心生爱怜。

刚见面的时候还没来得及说话，生怕被别人发现，禁不住心有余悸地回望。才交流几句已是脑袋眩晕。一直在担心这个夜晚月色太明朗。

浣溪沙

十八年来堕世间，吹花嚼蕊弄冰弦，多情情寄阿谁边？

紫玉钗斜灯影背，红绵粉冷枕函偏，相看好处却无言。

晓梦解读

来到这人世转眼便已十八年。平常迷恋那些花花草草，也喜欢弄出冰弦丝竹之声。生性如此多情，然而这一份深情又能寄托给谁呢？

紫玉钗被随意放在灯影里，而红绵粉也被冷落在枕函边。我们彼此凝望，两情相悦，最终却只能相对无言。

浣溪沙・寄严荪友

藕荡桥边理钓筒，苎萝西去五湖东，笔床茶灶太从容。

况有短墙银杏雨，更兼高阁玉兰风。画眉闲了画芙蓉。

晓梦解读

莫逆之交严荪友的生活实在令人羡慕。他时常在藕荡桥边钓鱼，抬眼望望苎萝山以及山边的湖泊。书房里的笔床、灶上的茶壶，无不叙说着生活的闲适从容。

矮墙边上的银杏叶子泛黄了，随风飘落的时候宛如一场银杏雨，而阁楼上栽种的玉兰犹在开花，芬芳随风轻送。这位仁兄有时给妻子画画眉毛，有时在纸上画画芙蓉，何等逍遥惬意。

浣溪沙

欲寄愁心朔雁边，西风浊酒惨离筵。黄花时节碧云天。

古戍烽烟迷斥堠，夕阳村落解鞍鞯。不知征战几人还。

晓梦解读

想要把满腔愁绪寄托给南归的大雁，那一阵西风凄紧，那一杯浊酒浓情，使得离别的筵宴令人心伤。正是黄花初开的时节，天空如此高远，却为何催人心肝?

自古已有的烽火台，一阵阵散发出浓浓狼烟，守望的士兵发布了战事已起的消息。直到夕阳西下，将士们才寻着个村落，解下鞍鞯稍稍休息。也不知道战争过后，多少人能够重返故乡。

浣溪沙

败叶填溪水已冰，夕阳犹照短长亭。行来废寺失题名。

驻马客临碑上字，斗鸡人拨佛前灯。劳劳尘世几时醒？

晓梦解读

小溪里堆满了枯枝败叶，水已成冰。冬天的黄昏，难得的太阳照着一座座长亭、短亭。信步行来，看到一座被废弃的寺庙，连题名都不见了。

仍有漂泊的旅人在临摹石碑上的字，也有那纨绔子弟会拨动佛前的青灯。无论何人，这纷纷扰扰的尘世无非是一场大梦，什么时候才能醒来呢？

霜天晓角

重来对酒，折尽风前柳。若问看花情绪，似当日，怎能够？

休为西风瘦，痛饮频搔首。自古青蝇白璧，天已早安排就。

晓梦解读

又一次对饮美酒，人们来来往往，折尽风中飘摇的柳枝。若要问起此番看花的情绪，怎么可能还和当年一样呢？

就不要念及西风，空自消瘦了，喝酒的时候，也不要有太多焦虑而频频搔首。自古以来，没有十全十美的好事，如同雪白的墙壁总要停着几只苍蝇。老天爷已经把好多事都做了安排。

菩萨蛮·回文

雾窗寒对遥天暮，暮天遥对寒窗雾。花落正啼鸦，鸦啼正落花。

袖罗垂影瘦，瘦影垂罗袖。风翦一丝红，红丝一翦风。

晓梦解读

所谓回文，就是第二句是把第一句倒过来读，一句化为两句，文理一样是通的。很多时候，这基本上是空闲时的文字游戏，容易因词害意，反倒难以显出真正的聪明。薄雾、寒窗、天空中的暮色、花落、鸦啼、罗袖、瘦影、红丝线、剪剪风。不难看出容若内心的凄清及对伊人的相思。

菩萨蛮

隔花才歇廉纤雨，一声弹指浑无语。梁燕自双归，长条脉脉垂。

小屏山色远，妆薄铅华浅。独自立瑶阶，透寒金缕鞋。

晓梦解读

垂帘外，隔着花儿，潇潇细雨停歇下来。纤纤玉指弹出一串长长的音符，停顿下来，琴声渐歇。美人儿默然无语，梁上燕子双双飞回，窗外柳丝低垂，让她不禁起了相思意。

屏风上画着远远的山色，美人儿薄薄地化好淡妆，独自在台阶上站着，举目远望，心念情郎。不知不觉间，料峭春寒透进脚上的金缕鞋。

菩萨蛮

新寒中酒敲窗雨，残香细学秋情绪。端的是怀人，青衫有泪痕。

相思不似醉，闷拥孤衾睡。记得别伊时，桃花柳万丝。

晓梦解读

近来天气渐冷，酒至半酣，有冷雨敲窗，那袅袅残香更增添了悲秋情绪。一看就知道又在想念着谁，一袭青衫上，已有点点泪痕。

思念是一种煎熬，真喝醉了反倒好办，用被子蒙头大睡就行了。记得跟伊人别离的时候，是桃红柳绿的春天。

菩萨蛮

澹花瘦玉轻妆束，粉融轻汗红绵扑。妆罢只思眠，江南四月天。

绿阴帘半揭，此景清幽绝。行度竹林风，单衫杏子红。

晓梦解读

这是纳兰难得的不含悲情的词。

伊人肌肤白净，容颜消瘦，用红绵粉扑薄薄地在俊俏的脸上铺了一层粉。化完淡妆，只是思睡。这江南的四月天太容易令人春困了。

把绿色的门帘揭开一半，发现这里风景独好，清静幽雅。伊人于是穿了件杏红色的单衣，慢慢走着，在竹林里享受一阵阵凉爽的风（也可能是说，穿了件单衣缓缓行走，树上的杏子也红了）。

菩萨蛮

梦回酒醒三通鼓，断肠啼鴂花飞处。新恨隔红窗，罗衫泪几行。

相思何处说，空有当时月。月也异当时，团栾照鬓丝。

晓梦解读

半夜三更醒来，薄醉已消，更声渐远，却又听到杜鹃在哀哀啼鸣，想来花瓣儿都被这悲鸣之声惊得簌簌落下吧？隔着一扇红窗，旧愁新恨都上心田，不禁流下泪水，湿了罗衫。

这样刻骨的相思能说给谁听呢？只能徒然对着那时的月亮独自神伤。其实月也不再是当时月，至少那时的月是圆的，照着她青青的发丝。

菩萨蛮

催花未歇花奴鼓，酒醒已见残红舞。不忍覆余觞，临风泪数行。

粉香看欲别，空剩当时月。月也异当时，凄清照鬓丝。

晓梦解读

这首怀疑是上一首的修改稿，不过改动比较大，大意是：一直在击鼓传花喝酒，不知不觉就醉倒了。酒醒时分，只见落花当空飞舞。不忍心倒掉杯中残酒，一饮而尽，却突然间憾事涌上心头，不禁把酒临风，泪落几行。

久别了胭脂香味，只留下那时的明月。其实月亮也跟那时候不同了，那时那日，这月亮起码凄清地照着伊人的鬓丝。

菩萨蛮·早春

晓寒瘦著西南月，丁丁漏箭余香咽。春已十分宜，东风无是非。

蜀魂羞顾影，玉照斜红冷。谁唱《后庭花》，新年忆旧家。

晓梦解读

容若的祖先跟清朝爱恨交织，既有婚配联盟，也有缢死之恨。所以容若词中偶然会出现《后庭花》这种暗喻亡国的字眼儿。但我们一般理解容若只是在表达凄凉之情。

词的大意是：天色已晓，犹有阵阵寒意，天边挂着一弯瘦瘦的月牙，计时的漏箭“叮叮”响着，香已成灰，余烟袅袅。春色已满，可惜东风不懂人心。

我像一只啼血的杜鹃，已经羞于顾影自怜，也不愿去看镜子，光是望一眼伊人发间的红花，已经觉得心冷。是谁唱起《后庭花》呢？在这新年来临的时刻，不禁回忆故园老家。

菩萨蛮

窗间桃蕊娇如倦，东风泪洗胭脂面。人在小红楼，离情唱《石州》。

夜来双燕宿，灯背屏腰绿。香尽雨阑珊，薄衾寒不寒？

晓梦解读

窗外桃花开了，花蕾娇嫩得如同慵懒的美人。东风里，她却突然落泪，泪水浸染了刚刚抹好的胭脂。伊人独自一人在小红楼里，深受离别相思之苦，无奈地唱起《石州》。

到夜里，双燕归巢，而她还没有睡意，灯火不远处，屏风模糊不清。花朵的香味已经消散，雨也停了。遥遥担忧那远方的人儿，就一张薄薄的被子，冷不冷呢？

菩萨蛮

朔风吹散三更雪，倩魂犹恋桃花月。梦好莫催醒，由他好处行。

无端听画角，枕畔红冰薄。塞马一声嘶，残星拂大旗。

晓梦解读

夜半醒来，凛冽的北风吹得雪花四散；而遥远的伊人，也许梦见满树桃花盛开、花好月圆吧？这样的好梦千万别被催醒了，让她在好梦里多待一会儿吧！

否则如果在梦里无端地听到像我耳边这种凄厉苍凉的画角声，她一定会泪湿枕畔。此时塞马一声长嘶，猎猎飘飞的大旗外，唯有几点寒星，令人惆怅不已。

菩萨蛮

问君何事轻离别，一年能几团栾月？杨柳乍如丝，故园春尽时。

春归归不得，两桨松花隔。旧事逐寒潮，啼鹃恨未消。

晓梦解读

为什么我们要那么轻易地离开呢？光阴如水，一年能有几个月圆之夜啊？不知不觉中，杨柳如丝，家乡的春天快要过去了。

尽管是春回大地，我却回不去。站在松花江畔，隔着一江春水，看那潮起潮落，想起旧情往事，杜鹃啼血哀鸣，真是愤恨难消啊！

菩萨蛮·为陈其年题照

乌丝曲倩红儿谱，萧然半壁惊秋雨。曲罢髻鬟偏，风姿真可怜。

须髯浑似戟，时作簪花剧。背立讶卿卿，知卿无那情。

晓梦解读

陈其年是容若的忘年交，比容若年长三十岁。

这首词的大意是：陈兄的乌丝词谱上的曲子由歌女们传唱，哪怕是在冷寂的房子里弹唱，其声其情，也是惊风泣雨。歌女一曲终了，也许因为太投入，连发髻都偏了，这模样反倒显得楚楚可怜。陈兄胡须又粗又硬，一副硬汉形象，内心却也万种柔情。即使你背对着歌女，让美女略感惊讶，但你心里其实是有无限深情。

菩萨蛮·宿滦河

玉绳斜转疑清晓，凄凄白月渔阳道。星影漾寒沙，微茫织浪花。

金笳鸣故垒，唤起人难睡。无数紫鸳鸯，共嫌今夜凉。

晓梦解读

看着天外北斗斜转，还以为天亮了。凄冷的白月光照着渔阳道，点点星光照耀在沙砾上发出反光，仿佛像一朵朵浪花。

古代的旧垒边响起笳声，人被唤醒之后便难以再入睡。就连紫色鸳鸯，也会嫌今夜太冷吧！

菩萨蛮

荒鸡再咽天难晓，星榆落尽秋将老。毡幕绕牛羊，敲冰饮酪浆。

山程兼水宿，漏点清钲续。正是梦回时，拥衾无限思。

晓梦解读

荒鸡又在叫了，这天怎么老是不亮呢？星星点点的榆树叶已落尽，秋天就要过去了。人们把毡幕围起来，包围着牛羊，给它们取暖，连奶酒都结冰了，要敲开冰层才能饮用。

这一路走来，跋山涉水，漏壶和钲鼓接替响着，真是辛劳。已是梦回时刻，还独自抱着被子毫无睡意，无限思量。

菩萨蛮

惊飙掠地冬将半，解鞍正值昏鸦乱。冰合大河流，茫茫一片愁。

烧痕空极望，鼓角高城上。明日近长安，客心愁未阑。

晓梦解读

突然一阵狂风刮来掠过地面，已经是深冬了。解下马鞍准备停驻的时候，恰好天上飞过一群乌鸦。河面早已冰封，原野一片茫茫，令人愁肠万转。

远处有被野火烧过的痕迹，高高的城楼传来号角声。明天就离长安很近了。漂泊在外，忧愁不已。

菩萨蛮

榛荆满眼山城路，征鸿不为愁人住。何处是长安，湿云吹雨寒。

丝丝心欲碎，应是悲秋泪。泪向客中多，归时又奈何。

晓梦解读

城池倚山而建，路上遍是荆棘。天空里南飞的雁群不肯为这愁人停留。哪里才是长安城呢？一阵乌云，带来一场冷雨，天气更寒冷了。

丝丝冷风里，我心欲碎，泫然落泪，想来该是悲秋。虽然说人在旅途容易伤感，回去又能如何？还是“多愁多病心情恶”！

菩萨蛮

黄云紫塞三千里，女墙西畔啼乌起。落日万山寒，萧萧猎马还。

笳声听不得，入夜空城黑。秋梦不归家，残灯落碎花。

晓梦解读

在塞外，昏黄的云连绵千里，墙边可以听到乌啼声，太阳一落，万山凄寒，听到猎马萧萧鸣叫着回来。

到了夜里，家家关门闭户，城池空荡荡的，偶尔有笳声，惨不忍听。连做梦都不能回到家里，一觉醒来，孤苦伶仃地望着灯花落下。

菩萨蛮・寄顾梁汾苕中

知君此际情萧索，黄芦苦竹孤舟泊。烟白酒旗青，水村鱼市晴。

柁楼今夕梦，脉脉春寒送。直过画眉桥，钱塘江上潮。

晓梦解读

这首词是写给顾贞观的。顾贞观比容若年长十八岁，两人是极好的朋友。容若的《饮水词》，由顾贞观结集成册，沈宛也是顾贞观带到容若身边来的。

这首词写于康熙二十二年（1683 年），纳兰 29 岁，大意是说，顾兄啊，突然想起你来。我知道你此刻一定和我一样情绪低落。我在一艘船上，岸边是些黄芦、苦竹之类的寻常植物，有人家炊烟袅袅，竖着青色的酒旗。这个村落邻水，形成一个鱼市，天色倒是一片晴朗。

晚上就睡在船上，梦里感觉到脉脉春寒。船稳稳前行，很快就过了画眉桥，在钱塘江上弄潮。

菩萨蛮

萧萧几叶风兼雨，离人偏识长更苦。欹枕数秋天，蟾蜍早下弦。

夜寒惊被薄，泪与灯花落。无处不伤心，轻尘在玉琴。

晓梦解读

落叶萧萧，风雨飘摇，生离别的人儿最懂得长夜不眠的痛苦。倚着枕头，细数秋天的萧瑟滋味，那下弦月早已西斜。

好不容易模糊入梦，又被夜里风寒惊醒。凝望灯花，念及种种红尘俗世，泪水和灯花一起落下。处处令人伤心断肠，琴也许久不弹，已经蒙了一层灰。

菩萨蛮

为春憔悴留春住，那禁半霎催归雨。深巷卖樱桃，雨余红更娇。

黄昏清泪阁，忍便花飘泊。消得一声莺，东风三月情。

晓梦解读

在这春天，为了一些美好如春却不可得的事憔悴伤神，希望春天长驻，却禁不住一场春雨，赶紧归去。深深小巷子里，有人在卖樱桃。雨后的樱桃显得更加娇艳。

到黄昏看着落花飘飞，忍不住一行清泪。凝神听一声黄莺啼鸣，这东风骀荡的三月，铭记着一份深深衷情。

菩萨蛮

晶帘一片伤心白，云鬟香雾成遥隔。无语问添衣，桐阴月已西。

西风鸣络纬，不许愁人睡。只是去年秋，如何泪欲流。

晓梦解读

面对着低垂的晶帘，独自伤心不已。佳人的云鬟和身上的脂粉香气，已是天人之隔。透过梧桐树荫望出去，月亮已经偏西了，却没有谁来问我要不要添衣。

西风阵阵，虫鸣声声，我这愁人如何能够入睡啊！就还在去年秋天，犹有人嘘寒问暖，现在一切都不一样了。想到这里，禁不住要落泪。

菩萨蛮

乌丝画作回文纸，香煤暗蚀藏头字。筝雁十三双，输他作一行。

相看仍似客，但道休相忆。索性不还家，落残红杏花。

晓梦解读

乌丝纸上写着回文诗，墨水把一些字弄得模糊不清。此时心绪低落。看着那古筝的二十六根弦，实在无心弹拨，就让它们静静地排列成一行吧！

两人相见，只能克制、客气，只好说以后不要再彼此思念了。索性不回去，就在这里静静地看那杏花凋零。

附纳兰词

（接前 80 首）

纳兰词卷一

菩萨蛮

阑风伏雨催寒食，樱桃一夜花狼藉。刚与病相宜，琐窗薰绣衣。
画眉烦女伴，央及流莺唤。半晌试开奁，娇多直自嫌。

菩萨蛮

春云吹散湘帘雨，絮黏蝴蝶飞还住。人在玉楼中，楼高四面风。
柳烟丝一把，暝色笼鸳瓦。休近小阑干，夕阳无限山。

减字木兰花·新月

晚妆欲罢，更把纤眉临镜画。准待分明，和雨和烟两不胜。
莫教星替，守取团圆终必遂。此夜红楼，天上人间一样愁。

减字木兰花

烛花摇影，冷透疏衾刚欲醒。待不思量，不许孤眠不断肠。
茫茫碧落，天上人间情一诺。银汉难通，稳耐风波愿始从。

减字木兰花

相逢不语，一朵芙蓉著秋雨。小晕红潮，斜溜鬟心只凤翘。
待将低唤，直为凝情恐人见。欲诉幽怀，转过回阑叩玉钗。

减字木兰花

从教铁石，每见花开成惜惜。泪点难消，滴损苍烟玉一条。
怜伊太冷，添个纸窗疏竹影。记取相思，环珮归来月下时。

减字木兰花

断魂无据，万水千山何处去？没个音书，尽日东风上绿除。
故园春好，寄语落花须自扫。莫更伤春，同是恹恹多病人。

减字木兰花

花丛冷眼，自惜寻春来较晚。知道今生，知道今生那见卿。
天然绝代，不信相思浑不解。若解相思，定与韩凭共一枝。

卜算子・新柳

娇软不胜垂，瘦怯那禁舞。多事年年二月风，翦出鹅黄缕。
一种可怜生，落日和烟雨。苏小门前长短条，即渐迷行处。

卜算子·塞寒

塞草晚才青，日落箫笳动。慽慽凄凄入夜分，催度星前梦。
小语绿杨烟，怯踏银河冻。行尽关山到白狼，相见唯珍重。

卜算子·午日

村静午鸡啼，绿暗新阴覆。一展轻帘出画墙，道是端阳酒。
早晚夕阳蝉，又噪长堤柳。青鬓长青自古谁，弹指黄花九。

纳兰词卷二

采桑子

彤云久绝飞琼字，人在谁边，人在谁边，今夜玉清眠不眠？
香销被冷残灯灭，静数秋天，静数秋天，又误心期到下弦。

采桑子

谁翻乐府凄凉曲？风也萧萧，雨也萧萧，瘦尽灯花又一宵。
不知何事萦怀抱，醒也无聊，醉也无聊，梦也何曾到谢桥。

采桑子

严宵拥絮频惊起，扑面霜空。斜汉朦胧，冷逼毡帷火不红。
香篝翠被浑闲事，回首西风。数尽残钟，一穗灯花似梦中。

采桑子

冷香萦遍红桥梦，梦觉城笳。月上桃花，雨歇春寒燕子家。

箜篌别后谁能鼓，肠断天涯。暗损韶华，一缕茶烟透碧纱。

采桑子·咏春雨

嫩烟分染鹅儿柳，一样风丝。似整如欹，才著春寒瘦不支。

凉侵晓梦轻蝉腻，约略红肥。不惜葳蕤，碾取名香作地衣。

采桑子

非关癖爱轻模样，冷处偏佳。别有根芽，不是人间富贵花。

谢娘别后谁能惜，飘泊天涯。寒月悲笳，万里西风瀚海沙。

采桑子

桃花羞作无情死，感激东风，吹落娇红，飞入窗间伴懊侬。

谁怜辛苦东阳瘦，也为春慵。不及芙蓉，一片幽情冷处浓。

采桑子

拨灯书尽红笺也，依旧无聊。玉漏迢迢，梦里寒花隔玉箫。

几竿修竹三更雨，叶叶萧萧。分付秋潮，莫误双鱼到谢桥。

采桑子

凉生露气湘弦润，暗滴花梢。帘影谁摇，燕蹴风丝上柳条。

舞余镜匣开频掩，檀粉慵调。朝泪如潮，昨夜香衾觉梦遥。

采桑子

土花曾染湘娥黛，铅泪难消。清韵谁敲，不是犀椎是凤翘。

只应长伴端溪紫，割取秋潮。鹦鹉偷教，方响前头见玉箫。

采桑子

谢家庭院残更立，燕宿雕梁。月度银墙，不辨花丛那辨香?

此情已自成追忆，零落鸳鸯。雨歇微凉，十一年前梦一场。

采桑子

而今才道当时错，心绪凄迷。红泪偷垂，满眼春风百事非。

情知此后来无计，强说欢期。一别如斯，落尽梨花月又西。

采桑子

明月多情应笑我，笑我如今，孤负春心，独自闲行独自吟。

近来怕说当时事，结遍兰襟。月浅灯深，梦里云归何处寻?

谒金门

风丝袅，水浸碧天清晓。一镜湿云青未了，雨晴春草草。

梦里轻螺谁扫。帘外落花红小。独睡起来情悄悄，寄愁何处好?

好事近

帘外五更风，消受晓寒时节。刚剩秋衾一半，拥透帘残月。

争教清泪不成冰，好处便轻别。拟把伤离情绪，待晓寒重说。

好事近

马首望青山，零落繁华如此。再向断烟衰草，认藓碑题字。
休寻折戟话当年，只洒悲秋泪。斜日十三陵下，过新丰猎骑。

好事近

何路向家园，历历残山剩水。都把一春冷澹，到麦秋天气。
料应重发隔年花，莫问花前事。纵使东风依旧，怕红颜不似。

一络索·长城

野火拂云微绿，西风夜哭。苍茫雁翅列秋空，忆写向屏山曲。
山海几经翻覆，女墙斜矗。看来费尽祖龙心，毕竟为谁家筑。

一络索

过尽遥山如画，短衣匹马。萧萧木落不胜秋，莫回首斜阳下。
别是柔肠萦挂，待归才罢。却愁拥髻向灯前，说不尽离人话。

一络索·雪

密洒征鞍无数，冥迷远树。乱山重叠杳难分，似五里濛濛雾。
惆怅琐窗深处，湿花轻絮。当时悠飏得人怜，也都是浓香助。

清平乐

烟轻雨小，望里青难了。一缕断虹垂树杪，又是乱山残照。
凭高目断征途，暮云千里平芜。日夜河流东下，锦书应记双鱼。

清平乐

青陵蝶梦，倒挂怜么凤。褪粉收香情一种，栖傍玉钗偷共。
愔愔镜阁飞蛾，谁传锦字秋河？莲子依然隐雾，菱花暗惜横波。

清平乐

将愁不去，秋色行难住。六曲屏山深院宇，日日风风雨雨。
雨晴篱菊初香，人言此日重阳。回首凉云暮叶，黄昏无限思量。

清平乐

凄凄切切，惨淡黄花节。梦里砧声浑未歇，那更乱蛩悲咽。
尘生燕子空楼，抛残弦索床头。一样晓风残月，而今触绪添愁。

清平乐・忆梁汾

才听夜雨，便觉秋如许。绕砌蛩螀人不语，有梦转愁无据。
乱山千叠横江，忆君游倦何方。知否小窗红烛。照人此夜凄凉。

清平乐

塞鸿去矣，锦字何时寄？记得灯前佯忍泪，却问明朝行未。
别来几度如珪，飘零落叶成堆。一种晓寒残梦，凄凉毕竟因谁？

清平乐

风鬟雨鬓，偏是来无准。倦倚玉阑看月晕，容易语低香近。
软风吹过窗纱，心期便隔天涯。从此伤春伤别，黄昏只对梨花。

清平乐·秋思

凉云万叶，断送清秋节。寂寂绣屏香篆灭，暗里朱颜消歇。

谁怜照影吹笙，天涯芳草关情。懊恼隔帘幽梦，半床花月纵横。

清平乐·弹琴峡题壁

泠泠彻夜，谁是知音者？如梦前朝何处也，一曲边愁难写。

极天关塞云中，人随雁落西风。唤取红襟翠袖，莫教泪洒英雄。

清平乐·元夜月蚀

瑶华映阙，烘散蓂墀雪。比似寻常清景别，第一团栾时节。

影娥忽泛初弦，分辉借与宫莲。七宝修成合璧，重轮岁岁中天。

忆秦娥

山重叠，悬崖一线天疑裂。天疑裂，断碑题字，古苔横啮。

风声雷动鸣金铁，阴森潭底蛟龙窟。蛟龙窟，兴亡满眼，旧时明月。

忆秦娥

春深浅，一痕摇漾青如翦。青如翦，鹭鸶立处，烟芜平远。

吹开吹谢东风倦，缃桃自惜红颜变。红颜变，兔葵燕麦，重来相见。

忆秦娥

长漂泊，多愁多病心情恶。心情恶，模糊一片，强分哀乐。

拟将欢笑排离索，镜中无奈颜非昨。颜非昨，才华尚浅，因何福薄。

阮郎归

斜风细雨正霏霏，画帘拖地垂。屏山几曲篆烟微，闲庭柳絮飞。新绿密，乱红稀。乳莺残日啼。春寒欲透绣缕金衣，落花郎未归。

画堂春

一生一代一双人，争教两处销魂。相思相望不相亲，天为谁春？浆向蓝桥易乞，药成碧海难奔。若容相访饮牛津，相对忘贫。

眼儿媚

独倚春寒掩夕霏，清露泣铢衣。玉箫吹梦，金钗画影，悔不同携。刻残红烛曾相待，旧事总依稀。料应遗恨，月中教去，花底催归。

眼儿媚

重见星娥碧海槎，忍笑却盘鸦。寻常多少，月明风细，今夜偏佳。休笼彩笔闲书字，街鼓已三挝。烟丝欲袅，露光微泫，春在桃花。

眼儿媚·咏梅

莫把琼花比澹妆，谁似白霓裳。别样清幽，自然标格，莫近东墙。冰肌玉骨天分付，兼付与凄凉。可怜遥夜，冷烟和月，疏影横窗。

朝中措

蜀弦秦柱不关情，尽日掩云屏。已惜轻翎退粉，更嫌弱絮为萍。

东风多事，余寒吹散，烘暖微酲。看尽一帘红雨，为谁亲系花铃？

摊破浣溪沙

林下荒苔道韫家，生怜玉骨委尘沙。愁向风前无处说，数归鸦。
半世浮萍随逝水，一宵冷雨葬名花。魂是柳绵吹欲碎，绕天涯。

摊破浣溪沙

风絮飘残已化萍，泥莲刚倩藕丝萦。珍重别拈香一瓣，记前生。
人到情多情转薄，而今真个悔多情。又到断肠回首处，泪偷零。

摊破浣溪沙

欲语心情梦已阑，镜中依约见春山。方悔从前真草草，等闲看。
环佩只应归月下，钿钗何意寄人间。多少滴残红蜡泪，几时干？

摊破浣溪沙

小立红桥柳半垂，越罗裙飏缕金衣。采得石榴双叶子，欲遗谁？
便是有情当落月，只应无伴送斜晖。寄语东风休著力，不禁吹。

摊破浣溪沙

一霎灯前醉不醒，恨如春梦畏分明。澹月澹云窗外雨，一声声。
人到情多情转薄，而今真个不多情。又听鹧鸪啼遍了，短长亭。

摊破浣溪沙

昨夜浓香分外宜，天将妍暖护双栖。桦烛影微红玉软，燕钗垂。
几为愁多翻自笑，那逢欢极却含啼。央及莲花清漏滴，莫相催。

青衫湿·悼亡

近来无限伤心事，谁与话长更？从教分付，绿窗红泪，早雁初莺。当时领略，而今断送，总负多情。忽疑君到，漆灯风飐，痴数春星。

落花时

（按此调谱律不载，疑亦自度曲。一本作好花时）

夕阳谁唤下楼梯，一握香荑。回头忍笑阶前立，总无语也相宜。相思直恁无凭据，休说相思。劝伊好向红窗醉，须莫及落花时。

锦堂春·秋海棠

帘外澹烟一缕，墙阴几簇低花。夜来微雨西风里，无力任欹斜。仿佛个人睡起，晕红不著铅华。天寒翠袖添凄楚，愁近欲栖鸦。

海棠春

落红片片浑如雾，不教更觅桃源路。香径晚风寒，月在花飞处。蔷薇影暗空凝伫，任碧飐轻衫萦住。惊起早栖鸦，飞过秋千去。

河渎神

风紧雁行高，无边落木萧萧。楚天魂梦与香销，青山暮暮朝朝。断续凉云来一缕，飘堕几丝灵雨。今夜冷红浦溆，鸳鸯栖向何处？

河渎神

凉月转雕阑，萧萧木叶声乾。银灯飘落琐窗间，枕屏几叠秋山。

朔风吹透青缣被，药炉火暖初沸。清漏沉沉无寐，为伊判得憔悴。

太常引·自题小照

西风乍起峭寒生，惊雁避移营。千里暮云平，休回首长亭短亭。

无穷山色，无边往事，一例冷清清。试倩玉箫声，唤千古英雄梦醒。

太常引

晚来风起撼花铃，人在碧山亭。愁里不堪听，那更杂泉声雨声。

无凭踪迹，无聊心绪，谁说与多情。梦也不分明，又何必催教梦醒。

四犯令

麦浪翻晴风飐柳，也过伤春候。因甚为他成僝僽，毕竟是春拖逗。

红药阑边携素手，暖语浓于酒。盼到园花铺似绣，却更比春前瘦。

添字采桑子

（按此调词律不载，词谱有促拍采桑子，字同句异。一本作采花。）

闲愁似与斜阳约，红点苍苔，蛱蝶飞回。又是梧桐新绿影，上阶来。

天涯望处音尘断，花谢花开，懊恼离怀。空压钿筐金线缕，合欢鞋。

荷叶杯

帘卷落花如雪，烟月。谁在小红亭？玉钗敲竹乍闻声，风影略分明。

化作彩云飞去，何处？不隔枕函边，一声将息晓寒天，肠断又今年。

荷叶杯

知己一人谁是？已矣。赢得误他生。多情终古似无情，莫问醉耶醒。

未是看来如雾，朝暮。将息好花天。为伊指点再来缘，疏雨洗遗钿。

寻芳草·萧寺纪梦

客夜怎生过？梦相伴绮窗吟和。薄嗔佯笑道，若不是恁凄凉，肯来么？

来去苦匆匆，准拟待晓钟敲破。乍偎人一闪灯花堕，却对著琉璃火。

菊花新·用韵送张见阳令江华

愁绝行人天易暮，行向鹧鸪声里住，渺渺洞庭波，木叶下，楚天何处。

折残杨柳应无数，趁离亭笛声催度。有几个征鸿相伴也，送君南去。

南歌子

翠袖凝寒薄，帘衣入夜空。病容扶起月明中，惹得一丝残篆，旧薰笼。

暗觉欢期过，遥知别恨同。疏花已是不禁风，那更夜深清，露湿愁红。

南歌子

暖护樱桃蕊，寒翻蛱蝶翎。东风吹绿渐冥冥，不信一生憔悴伴啼莺。

素影飘残月，香丝拂绮棂。百花迢递玉钗声，索向绿窗寻梦寄余生。

南歌子·古戍

古戍饥乌集，荒城野雉飞。何年劫火剩残灰，试看英雄碧血，满龙堆。

玉帐空分垒，金笳已罢吹。东风回首尽成非，不道兴亡命也，岂人为。

秋千索·渌水亭春望

（按此调谱律不载，或亦自度曲。一本作拨香灰）

药阑携手销魂侣，争不记看承人处。除向东风诉此情，奈竟日春无语。

悠扬扑尽风前絮，又百五韶光难住。满地梨花似去年，却多了廉纤雨。

秋千索

游丝断续东风弱，悄无语半垂帘幕。红袖谁招曲槛边，飏一缕秋千索。

惜花人共残春薄，春欲尽纤腰如削。新月才堪照独愁，却又照梨花落。

秋千索

垆边换酒双鬟亚，春已到卖花帘下。一道香尘碎绿苹，看白袷亲调马。

烟丝宛宛愁萦挂，剩几笔晚晴图画。半枕芙蕖压浪眠，教费尽莺儿话。

忆江南·宿双林禅院有感

心灰尽，有发未全僧。风雨消磨生死别，似曾相识只孤檠，情在不能醒。

摇落后，清吹那堪听。淅沥暗飘金井叶，乍闻风定又钟声，薄福荐倾城。

忆江南

挑灯坐，坐久忆年时。薄雾笼花娇欲泣，夜深微月下杨枝。催道太眠迟。

憔悴去，此恨有谁知？天上人间俱怅望，经声佛火两凄迷。未梦已先疑。

浪淘沙

红影湿幽窗，瘦尽春光。雨余花外却斜阳。谁见薄衫低髻子，抱膝思量。

莫道不凄凉，早近持觞。暗思何事断人肠。曾是向他春梦里，瞥遇回廊。

浪淘沙

眉谱待全删，别画秋山，朝云渐入有无间。莫笑生涯浑是梦，好梦原难。

红味啄花残，独自凭阑。月斜风起袷衣单。消受春风都一例，若个偏寒。

浪淘沙

紫玉拨寒灰，心字全非，疏帘犹自隔年垂。半卷夕阳红雨入，燕子来时。

回首碧云西，多少心期，短长亭外短长堤。百尺游丝千里梦，无限凄迷。

浪淘沙

夜雨做成秋，恰上心头，教他珍重护风流。端的为谁添病也，更为谁羞？

密意未曾休，密愿难酬。珠帘四卷月当楼。暗忆欢期真似梦，梦也须留。

浪淘沙

野店近荒城，砧杵无声。月低霜重莫闲行。过尽征鸿书未寄，梦又难凭。

身世等浮萍，病为愁成。寒宵一片枕前冰。料得绮窗孤睡觉，一倍关情。

浪淘沙

闷自剔残灯，暗雨空庭，潇潇已是不堪听。那更西风偏著意，做尽秋声。

城柝已三更，欲睡还醒，薄寒中夜掩银屏。曾染戒香消俗念，怎又多情。

浪淘沙

清镜上朝云，宿篆犹薰，一春双袂尽啼痕。那更夜来孤枕侧，又梦归人。

花底病中身，懒画湘文，藕丝裳带奈销魂。绣榻定知添几线，寂掩重门。

纳兰词卷三

雨中花·送徐艺初归昆山

天外孤帆云外树，看又是春随人去。水驿灯昏，关城月落，不算凄凉处。

计程应惜天涯暮，打叠起伤心无数。中坐波涛，眼前冷暖，多少人难语。

鹧鸪天

独背残阳上小楼，谁家玉笛韵偏幽。一行白雁遥天暮，几点黄花满地秋。

惊节序，叹沉浮，秾华如梦水东流。人间所事堪惆怅，莫向横塘问旧游。

鹧鸪天

雁贴寒云次第飞，向南犹自怨归迟。谁能瘦马关山道，又到西风扑鬓时。

人杳杳，思依依，更无芳树有乌啼。凭将扫黛窗前月，持向今朝照别离。

鹧鸪天

别绪如丝睡不成，那堪孤枕梦边城。因听紫塞三更雨，却忆红楼半夜灯。

书郑重，恨分明，天将愁味酿多情。起来呵手封题处，偏到鸳鸯两字冰。

鹧鸪天

冷露无声夜欲阑，栖鸦不定朔风寒。生憎画鼓楼头急，不放征人梦里还。

秋澹澹，月弯弯，无人起向月中看。明朝匹马相思处，知隔千山与万山。

鹧鸪天

送梁汾南还，时方为题小影

握手西风泪不干，年来多在别离间。遥知独听灯前雨，转忆同看雪后山。

凭寄语，劝加餐，桂花时节约重还。分明小像沉香缕，一片伤心欲画难。

鹧鸪天·咏史

马上吟成促渡江，分明间气属闺房。生憎久闭金铺暗，花冷回心玉一床。

添哽咽，足凄凉。谁教生得满身香。只今西海年年月，犹为萧家照断肠。

鹧鸪天

十月初四夜风雨，其明日是亡妇生辰

尘满疏帘素带飘，真成暗度可怜宵。几回偷湿青衫泪，忽傍犀奁见翠翘。

惟有恨，转无聊。五更依旧落花朝。衰杨叶尽丝难尽，冷雨西风幂画桥。

河传

春浅，红怨，掩双环。微雨花间昼闲，无言暗将红泪弹。阑珊，香销轻梦还。

斜倚画屏思往事，皆不是，空作相思字。记当时，垂柳丝，花枝，满庭蝴蝶儿。

木兰花·拟古决绝词柬友

人生若只如初见，何事秋风悲画扇？等闲变却故人心，却道故人心易变。

骊山语罢清宵半，泪雨零铃终不怨。何如薄幸锦衣郎，比翼连枝当日愿。

虞美人

春情只到梨花薄，片片催零落。夕阳何事近黄昏，不道人间犹有未招魂。

银笺别记当时句，密绾同心苣。为伊判作梦中人，索向画图影里唤真真。

虞美人

曲阑深处重相见，匀泪偎人颤。凄凉别后两应同，最是不胜清怨月明中。

半生已分孤眠过，山枕檀痕涴。忆来何事最销魂，第一折枝花样画罗裙。

虞美人

高峰独石当头起，冻合双溪水。马嘶人语各西东，行到断崖无路小桥通。

朔鸿过尽音书杳，客里年华悄。又将丝泪湿斜阳，多少十三陵树乱云黄。

虞美人

黄昏又听城头角，病起心情恶。药炉初沸短檠青，无那残香半缕恼多情。

多情自古原多病，清镜怜清影。一声弹指泪如丝，央及东风休遣玉人知。

虞美人

彩云易向秋空散，燕子怜长叹。几番离合总无因，赢得一回僝僽一回亲。

归鸿旧约霜前至，可寄香笺字？不如前事不思量，且枕红蕤欹侧看斜阳。

虞美人

银床淅沥青梧老，屧粉秋蛩扫。采香行处蹙连钱，拾得翠翘何恨不能言。

回廊一寸相思地，落月成孤倚。背灯和月就花阴，已是十年踪迹十年心。

虞美·为梁汾赋

凭君料理花间课，莫负当初我。眼看鸡犬上天梯，黄九自招秦七共泥犁。

瘦狂那似痴肥好，判任痴肥笑。笑他多病与长贫，不及诸公衮衮向风尘。

虞美人

残灯风灭炉烟冷，相伴唯孤影。判教狼藉醉清樽，为问世间醒眼是何人。

难逢易散花间酒，饮罢空搔首。闲愁总付醉来眠，只恐醒时依旧到樽前。

鹊桥仙

倦收缃帙，悄垂罗幕，盼煞一灯红小。便容生受博山香，销折得、狂名多少。

是伊缘薄，是侬情浅，难道多磨更好？不成寒漏也相催，索性尽、荒鸡唱了。

鹊桥仙

梦来双倚，醒时独拥，窗外一眉新月。寻思常自悔分明，无奈却、照人清切。

一宵灯下，连朝镜里，瘦尽十年花骨。前期总约上元时，怕难认、飘零人物。

鹊桥仙・七夕

乞巧楼空，影娥池冷，说着凄凉无算。丁宁休曝旧罗衣，忆素手为余缝绽。

莲粉飘红，菱花掩碧，瘦了当初一半。今生钿盒表予心，祝天上人间相见。

南乡子

飞絮晚悠飏，斜日波纹映画梁。刺绣女儿楼上立，柔肠，爱看晴丝百尺长。

风定却闻香，吹落残红在绣床。休堕玉钗惊比翼，双双，共唼蘋花绿满塘。

南乡子·捣衣

鸳瓦已新霜，欲寄寒衣转自伤。见说征夫容易瘦，端相，梦里回时仔细量。

支枕怯空房，且拭清砧就月光。已是深秋兼独夜，凄凉，月到西南更断肠。

南乡子·御沟晓发

灯影伴鸣梭，织女依然怨隔河。曙色远连山色起，青螺，回首微茫忆翠蛾。

凄切客中过，未抵秋闺一半多。一世疏狂应为著，横波，作个鸳鸯消得么？

南乡子

烟暖雨初收，落尽繁花小院幽。摘得一双红豆子，低头，说著分携泪暗流。

人去似春休，卮酒曾将酹石尤。别自有人桃叶渡，扁舟，一种烟波各自愁。

南乡子·为亡妇题照

泪咽更无声，止向从前悔薄情，凭仗丹青重省识，盈盈，一片伤心画不成。

别语忒分明。午夜鹣鹣梦早醒。卿自早醒侬自梦，更更，泣尽风前夜雨铃。

一斛珠·元夜月蚀

星毬映彻，一痕微褪梅梢雪。紫姑待话经年别，窃药心灰，慵把菱花揭。

踏歌才起清钲歇，扇纨仍似秋期洁。天公毕竟风流绝，教看蛾眉，特放些时缺。

红窗月

（按词律作红窗影，一名红窗迥）

梦阑酒醒，早因循过了清明。是一般心事，两样愁情。犹记回廊影里誓生生。

金钗钿盒当时赠，历历春星。道休孤密约，鉴取深盟。语罢一丝清露湿银屏。

踏莎行

春水鸭头，春山鹦嘴，烟丝无力风斜倚。百花时节好逢迎，可怜人掩屏山睡。

密语移灯，闲情枕臂，从教酝酿孤眠味。春鸿不解讳相思，映窗书破人人字。

踏莎行·寄见阳

倚柳题笺，当花侧帽，赏心应比驱驰好。错教双鬓受东风，看吹绿影成丝早。

金殿寒鸦，玉阶春草，就中冷暖和谁道？小楼明月镇长闲，人生何事缁尘老。

临江仙·寄严荪友

别后闲情何所寄，初莺早雁相思。如今憔悴异当时，飘零心事，残月落花知。

生小不知江上路，分明却到梁溪。匆匆刚欲话分携，香消梦冷，窗白一声鸡。

临江仙·永平道中

独客单衾谁念我，晓来凉雨飕飕。缄书欲寄又还休，个侬憔悴，禁得更添愁。

曾记年年三月病，而今病向深秋。卢龙风景白人头，药炉烟里，支枕听河流。

临江仙·谢饷樱桃

绿叶成阴春尽也，守宫偏护星星。留将颜色慰多情。分明千点泪，贮作玉壶冰。

独卧文园方病渴，强拈红豆酬卿。感卿珍重报流莺。惜花须自爱，休只为花疼。

临江仙

丝雨如尘云著水，嫣香碎入吴宫。百花冷暖避东风，酷怜娇易散，燕子学偎红。

人说病宜随月减，恹恹却与春同。可能留蝶抱花丛，不成双梦影，翻笑杏梁空。

临江仙

长记碧纱窗外语，秋风吹送归鸦。片帆从此寄天涯，一灯新睡觉，思梦月初斜。

便是欲归归未得，不如燕子还家。春云春水带轻霞，画船人似月，细雨落杨花。

临江仙

塞上得家报云秋海棠开矣，赋此

六曲阑干三夜雨，倩谁护取娇慵。可怜寂寞粉墙东，已分裙钗绿，犹裹泪绡红。

曾记鬓边斜落下，半床凉月惺忪。旧欢如在梦魂中，自然肠欲断，何必更秋风。

临江仙·卢龙大树

雨打风吹都似此，将军一去谁怜。画图曾记绿阴圆。旧时遗镞地，今日种瓜田。

系马南枝犹在否？萧萧欲下长川。九秋黄叶五更烟，止应摇落尽，不必问当年。

临江仙·寒柳

飞絮飞花何处是？层冰积雪摧残。疏疏一树五更寒。爱他明月好，憔悴也相关。

最是繁丝摇落后，转教人忆春山。湔裙梦断续应难。西风多少恨，吹不散眉弯。

临江仙

带得些儿前夜雪，冻云一树垂垂。东风回首不胜悲。叶干丝未尽，未死只颦眉。

可怜红泥亭子外，纤腰舞困因谁？如今寂寞待人归。明年依旧绿，知否系斑骓。

临江仙·孤雁

霜冷离鸿惊失伴，有人同病相怜。拟凭尺素寄愁边，愁多书屡易，双泪落灯前。

莫对月明思往事，也知消减年年。无端嘹唳一声传，西风吹只影，刚是早秋天。

蝶恋花

辛苦最怜天上月，一昔如环，昔昔长如玦。但似月轮终皎洁，不辞冰雪为卿热。

无奈钟情容易绝，燕子依然，软踏帘钩说。唱罢秋坟愁未歇，春丛认取双栖蝶。

蝶恋花

眼底风光留不住，和暖和香，又上雕鞍去。欲倩烟丝遮别路，垂杨那是相思树。

惆怅玉颜成间阻，何事东风，不作繁华主。断带依然留乞句，斑骓一系无寻处。

蝶恋花

又到绿杨曾折处，不语垂鞭，踏遍清秋路。衰草连天无意绪，雁声远向萧关去。

不恨天涯行役苦，只恨西风，吹梦成今古。明日客程还几许，霑衣况是新寒雨。

蝶恋花

萧瑟兰成看老去，为怕多情，不作怜花句。阁泪倚花愁不语，暗香飘尽知何处？

重到旧时明月路。袖口香寒，心比秋莲苦。休说生生花里住，惜花人去花无主。

蝶恋花·夏夜

露下庭柯蝉响歇。纱碧如烟，烟里玲珑月。并著香肩无可说，樱桃暗吐丁香结。

笑卷轻衫鱼子缬，试扑流萤，惊起双栖蝶。瘦断玉腰沾粉叶，人生那不相思绝。

蝶恋花·出塞

今古河山无定据。画角声中，牧马频来去。满目荒凉谁可语？西风吹老丹枫树。

幽怨从前何处诉。铁马金戈，青冢黄昏路。一往情深深几许？深山夕照深秋雨。

蝶恋花

尽日惊风吹木叶。极目嵯峨，一丈天山雪。去去丁零愁不绝，那堪客里还伤别。

若道客愁容易辍。除是朱颜，不共春销歇。一纸寄书和泪折，红闺此夜团栾月。

蝶恋花

准拟春来消寂寞。愁雨愁风，翻把春担阁。不为伤春情绪恶，为怜镜里颜非昨。

毕竟春光谁领略。九陌缁尘，抵死遮云壑。若得寻春终遂约，不成长负东君诺。

唐多令·雨夜

丝雨织红茵，苔阶压绣纹。是年年、肠断黄昏。到眼芳菲都惹恨，那更说，塞垣春。

萧飒不堪闻，残妆拥夜分。为梨花、深掩重门。梦向金微山下去，才识路，又移军。

唐多令

金液镇心惊，烟丝似不胜。沁鲛绡湘竹无声。不为香桃怜瘦骨，怕容易，减红情。

将息报飞琼，蛮笺署小名。鉴凄凉片月三星。待寄芙蓉心上露，且道是，解朝酲。

唐多令·塞外重九

古木向人秋，惊蓬掠鬓稠。是重阳何处堪愁。记得当年惆怅事，正风雨，下南楼。

断梦几能留，香魂一哭休。怪凉蟾空满衾裯。霜落乌啼浑不睡，偏想出，旧风流。

踏莎美人·清明

（按此调为顾梁汾自度曲）

拾翠归迟，踏青期近，香笺小叠邻姬讯。樱桃花谢已清明，何事绿鬟斜亸、宝钗横。

浅黛双弯，柔肠几寸，不堪更惹青春恨。晓窗窥梦有流莺，也说个侬憔悴、可怜生。

苏幕遮

枕函香，花径漏。依约相逢，絮语黄昏后。时节薄寒人病酒。刬地梨花，彻夜东风瘦。

掩银屏，垂翠袖。何处吹箫，脉脉情微逗。肠断月明红豆蔻。月似当时，人似当时否？

苏幕遮·咏浴

鬓云松，红玉莹。早月多情，送过梨花影。半晌斜钗慵未整。晕入轻潮，刚爱微风醒。

露华清，人语静。怕被郎窥，移却青鸾镜。罗袜凌波波不定。小扇单衣，可奈星前冷。

淡黄柳·咏柳

三眠未歇，乍到秋时节。一树斜阳蝉更咽，曾绾灞陵离别。絮已为萍风卷叶，空凄切。

长条莫轻折。苏小恨，倩他说。尽飘零、游冶章台客。红板桥空，湔裙人去，依旧晓风残月。

青玉案·辛酉人日

东风七日蚕芽软。青一缕、休教翦。梦隔湘烟征雁远。那堪又是，鬓丝吹绿，小胜宜春颤。

绣屏浑不遮愁断，忽忽年华空冷暖。玉骨几随花骨换。三春醉里，三秋别后，寂寞钗头燕。

青玉案·宿乌龙江

东风卷地飘榆荚，才过了，连天雪。料得香闺香正彻。那知此夜，乌龙江上，独对初三月。

多情不是偏多别，别离只为多情设。蝶梦百花花梦蝶。几时相见，西窗翦烛，细把而今说。

月上海棠·中元塞外

原头野火烧残碣，叹英魂才魄暗消歇。终古江山，问东风、几番凉热。惊心事，又到中元时节。

凄凉况是愁中别，枉沉吟、千里共明月。露冷鸳鸯，最难忘、满池荷叶。青鸾杳，碧天云海音绝。

月上海棠·瓶梅

重檐淡月浑如水，浸寒香一片小窗里。双鱼冻合，似曾伴个人无寐。横眸处，索笑而今已矣。

与谁更拥灯前髻，乍横斜疏影疑飞坠。铜瓶小注，休教近麝炉烟气。酬伊也，几点夜深清泪。

一丛花·咏并蒂莲

阑珊玉佩罢霓裳，相对绾红妆。藕丝风送凌波去，又低头、软语商量。一种情深，十分心苦，脉脉背斜阳。

色香空尽转生香，明月小银塘。桃根桃叶终相守，伴殷勤、双宿鸳鸯。菰米漂残，沉云乍黑，同梦寄潇湘。

金人捧露盘·净业寺观莲有怀荪友

藕风轻，莲露冷，断虹收，正红窗、初上帘钩。田田翠盖，趁斜阳鱼浪香浮。此时画阁垂杨岸，睡起梳头。

旧游踪，招提路，重到处，满离忧。想芙蓉湖上悠悠。红衣狼藉，卧看少妾荡兰舟。午风吹断江南梦，梦里菱讴。

洞仙歌·咏黄葵

铅华不御，看道家妆就。问取旁人入时否。为孤情澹韵，判不宜春，矜标格、开向晚秋时候。

无端轻薄雨，滴损檀心，小叠宫罗镇长皱。何必诉凄清，为爱秋光，被几日西风吹瘦。便零落蜂黄也休嫌，且对倚斜阳，胜偎红袖。

翦湘云·送友

（按此调为顾梁汾自度曲）

险韵慵拈，新声醉倚。尽历遍情场，懊恼曾记。不道当时肠断事，还较而今得意。向西风约略数年华，旧心情灰矣。

正是冷雨秋槐，鬓丝憔悴，又领略愁中送客滋味。密约重逢知甚日，看取青衫和泪。梦天涯绕遍尽由人，只樽前迢递。

东风齐著力

电急流光，天生薄命，有泪如潮。勉为欢谑，到底总无聊。欲谱频年离恨，言已尽、恨未曾消、凭谁把、一天愁绪，按出琼箫。

往事水迢迢。窗前月，几番空照魂销。旧欢新梦，雁齿小红桥。最是烧灯时候，宜春髻、酒暖蒲萄。凄凉煞、五枝青玉，风雨飘飘。

满江红·茅屋新成却赋

问我何心？却构此、三楹茅屋。可学得、海鸥无事，闲飞闲宿？百感都随流水去，一身还被浮名束。误东风迟日杏花天，红牙曲。

尘土梦，蕉中鹿。翻覆手，看棋局。且耽闲殢酒，消他薄福。雪后谁遮檐角翠，雨余好种墙阴绿。有些些、欲说向寒宵，西窗烛。

满江红

代北燕南，应不隔、月明千里。谁相念、胭脂山下，悲哉秋气。小立乍惊清露湿，孤眠最惜浓香腻。况夜乌啼绝四更头，边声起。

消不尽，悲歌意；匀不尽，相思泪。想故园今夜，玉阑谁倚？青海不来如意梦，红笺暂写违心字。道别来浑是不关心，东堂桂。

满江红

为问封姨，何事却、排空卷地。又不是、江南春好，妒花天气。叶尽归鸦栖未得，带垂惊燕飘还起。甚天公、不肯惜愁人，添憔悴。

搅一霎，灯前睡；听半晌，心如醉。倩碧纱遮断，画屏深翠。只影凄清残烛下，离魂飘缈秋空里。总随他泊粉与飘香，真无谓。

满庭芳

堠雪翻鸦，河冰跃马，惊风吹度龙堆。阴磷夜泣，此景总堪悲。待向中宵起舞，无人处、那有村鸡。只应是、金笳暗拍，一样泪沾衣。

须知今古事，棋枰胜负，翻覆如斯。叹纷纷蛮触，回首成非。剩得几行青史，斜阳下、断碣残碑。年华共、混同江水，流去几时回。

满庭芳·题元人芦洲聚雁图

似有猿啼，更无渔唱，依稀落尽丹枫。湿云影里，点点宿宾鸿。占断沙洲寂寞，寒潮上、一抹烟笼。全不似、半江瑟瑟，相映半江红。

楚天秋欲尽，荻花吹处，竟日冥蒙。近黄陵祠庙，莫采芙蓉。我欲行吟去也，应难问、骚客遗踪。湘灵杳、一樽遥酹，还欲认青峰。

纳兰词卷四

水调歌头·题西山秋爽图

空山梵呗静，水月影俱沉。悠然一境人外，都不许尘侵。岁晚忆曾游处，犹记半竿斜照，一抹映疏林。绝顶茅庵里，老衲正孤吟。

云中锡，溪头钓，涧边琴。此生著几两屐，谁识卧游心。准拟乘风归去，错向槐安回首，何日得投簪。布袜青鞋约，但向画图寻。

水调歌头·题岳阳楼图

落日与湖水，终古岳阳城。登临半是迁客，历历数题名。欲问遗踪何处，但见微波木叶，几簇打鱼罾。多少别离恨，哀雁下前汀。

忽宜雨，旋宜月，更宜晴。人间无数金碧，未许著空明。澹墨生绡谱就，待倩横拖一笔，带出九疑青。仿佛潇湘夜，鼓瑟旧精灵。

凤凰台上忆吹箫·除夕得梁汾闽中信因赋

荔粉初装，桃符欲换，怀人拟赋然脂。喜螺江双鲤，忽展新词。稠叠频年离恨，匆匆里、一纸难题。分明见、临缄重发，欲寄迟迟。

心知。梅花佳句，待粉郎香令，再结相思。记画屏今夕，曾共题诗。独客料应无睡，慈恩梦、那值微之。重来日，梧桐夜雨，却话秋池。

凤凰台上忆吹箫·守岁

锦瑟何年？香屏此夕，东风吹送相思。记巡檐笑罢，共撚梅枝。

还向烛花影里，催教看、燕蜡鸡丝。如今但、一编消夜，冷暖谁知？

当时。欢娱见惯，道岁岁琼筵，玉漏如斯。怅难寻旧约，枉费新词。次第朱幡翦彩，冠儿侧、斗转蛾儿。重验取，卢郎青鬓，未觉春迟。

金菊对芙蓉·上元

金鸭消香，银虬泻水，谁家玉笛飞声。正上林雪霁，鸳甃晶莹。鱼龙舞罢香车杳，剩尊前、袖拥吴绫。狂游似梦，而今空记，密约烧灯。

追念往事难凭。叹火树星桥，回首飘零。但九逵烟月，依旧胧明。楚天一带惊烽火，问今宵可照江城。小窗残酒，阑珊灯灺，别自关情。

琵琶仙·中秋

碧海年年，试问取，冰轮为谁圆缺。吹到一片秋香，清辉了如雪。愁中看好天良夜，争知道尽成悲咽。只影而今，那堪重对，旧时明月。

花径里、戏捉迷藏，曾惹下萧萧井梧叶。记否轻纨小扇，又几番凉热。只落得、填膺百感，总茫茫、不关离别。一任紫玉无情，夜寒吹裂。

御带花·重九夜

晚秋却胜春天好，情在冷香深处。朱楼六扇小屏山，寂寞几分尘土。虬尾烟消，人梦觉、碎虫零杵。便强说欢娱，总是无憀心绪。

转忆当年，消受尽皓腕红萸，嫣然一顾。如今何事，向禅榻茶烟，怕歌愁舞。玉粟寒生，且领略月明清露。叹此际凄凉，何必更满城风雨。

念奴娇

人生能几？总不如休惹、情条恨叶。刚是尊前同一笑，又到别离时节。灯炧挑残，炉烟爇尽，无语空凝咽。一天凉露，芳魂此夜偷接。

怕见人去楼空，柳枝无恙，犹扫窗间月。无分暗香深处住，悔把兰襟亲结。尚暖檀痕，犹寒翠影，触绪添悲切。愁多成病，此愁知向谁说？

念奴娇

绿杨飞絮，叹沉沉院落、春归何许？尽日缁尘吹绮陌，迷却梦游归路。世事悠悠，生涯非是，醉眼斜阳暮。伤心怕问，断魂何处金鼓？

夜来月色如银，和衣独拥，花影疏窗度。脉脉此情谁得识？又道故人别去。细树落花，更阑未睡，别是闲情绪。闻余长叹，西廊唯有鹦鹉。

念奴娇·废园有感

片红飞减，甚东风不语、只催漂泊。石上胭脂花上露，谁与画眉商略。碧甃瓶沉，紫钱钗掩，雀踏金铃索。韶华如梦，为寻好梦担搁。

又是金粉空梁，定巢燕子，满地香泥落。欲写华笺凭寄与，多少心情难托。梅豆圆时，柳绵飘处，失记当时约。斜阳冉冉，断魂分付残角。

念奴娇·宿汉儿村

无情野火，趁西风烧遍、天涯芳草。榆塞重来冰雪里，冷入鬓丝吹老。牧马长嘶，征笳互动，并入愁怀抱。定知今夕，庾郎瘦损多少。

便是脑满肠肥，尚难消受，此荒烟落照。何况文园憔悴后，非复酒垆风调。回乐峰寒，受降城远，梦向家山绕。茫茫百感，凭高唯有清啸。

东风第一枝·桃花

薄劣东风，凄其夜雨，晓来依旧庭院。多情前度崔郎，应叹去年人面。湘帘乍卷，早迷了、画梁栖燕。最娇人清晓莺啼，飞去一枝犹颤。

背山郭、黄昏开遍。想孤影、夕阳一片。是谁移向亭皋，伴取晕眉青眼。五更风雨，算减却、春光一线。傍荔墙牵惹游丝，昨夜绛楼难辨。

秋水·听雨

（按此调谱律不载，疑亦自度曲）

谁道破愁须仗酒，酒醒后，心翻醉。正香销翠被，隔帘惊听，那又是、点点丝丝和泪。忆剪烛幽窗小息。娇梦垂成，频唤觉一眶秋水。

依旧乱蛩声里，短檠明灭，怎教人睡。想几年踪迹，过头风浪，只消受、一段横波花底。向拥髻灯前提起。甚日还来，同领略、夜雨空阶滋味。

木兰花慢

立秋夜雨，送梁汾南行

盼银河迢递，惊入夜，转清商。乍西园蝴蝶，轻翻麝粉，暗惹蜂黄。炎凉。等闲瞥眼，甚丝丝、点点搅柔肠。应是登临送客，别离滋味重尝。

疑将。水墨罨疏窗。孤影澹潇湘。倩一叶高梧，半条残烛，做尽商量。荷裳。被风暗翦，问今宵、谁与盖鸳鸯。从此羁愁万叠，梦回分付啼螀。

水龙吟·题文姬图

须知名士倾城，一般易到伤心处。柯亭响绝，四弦才断，恶风吹去。万里他乡，非生非死，此身良苦。对黄沙白草，呜呜卷叶，平生恨，从头谱。

应是瑶台伴侣。只多了、毡裘夫妇。严寒觱篥，几行乡泪，应声如雨。尺幅重披，玉颜千载，依然无主。怪人间厚福，天公尽付，痴儿騃女。

水龙吟·再送荪友南还

人生南北真如梦，但卧金山高处。白波东逝，鸟啼花落，任他日暮。别酒盈觞，一声将息，送君归去。便烟波万顷，半帆残月，几回首，相思苦。

可忆柴门深闭，玉绳低、翦灯夜雨。浮生如此，别多会少，不如莫遇。愁对西轩，荔墙叶暗，黄昏风雨。更那堪几处，金戈铁马，把凄凉助。

齐天乐·上元

阑珊火树鱼龙舞，望中宝钗楼远。鞢韉余红，琉璃剩碧，待属花归缓缓。寒轻漏浅。正乍敛烟霏，陨星如箭。旧事惊心，一双莲影藕丝断。

莫恨流年似水，恨消残蝶粉，韶光忒贱。细语吹香，暗尘笼鬓，都逐晓风零乱。阑干敲遍。问帘底纤纤，甚时重见？不解相思，月华今夜满。

齐天乐·洗妆台怀旧

六宫佳丽谁曾见，层台尚临芳渚。露脚斜飞，虹腰欲断，荷叶未收残雨。添妆何处，试问取雕笼，雪衣分付。一镜空蒙，鸳鸯拂破白蘋去。

相传内家结束，有帕装孤稳，靴缝女古。冷艳全消，苍苔玉匣，翻出十眉遗谱。人间朝暮。看胭粉亭西，几堆尘土。只有花铃，绾风深夜语。

齐天乐·塞外七夕

白狼河北秋偏早，星桥又迎河鼓。清漏频移，微云欲湿，正是金风玉露。两眉愁聚。待归踏榆花，那时才诉。只恐重逢，明明相视更无语。

人间别离无数。向瓜果筵前，碧天凝伫。连理千花，相思一叶，毕竟随风何处。羁栖良苦。算未抵空房，冷香啼曙。今夜天孙，笑人愁似许。

瑞鹤仙

丙辰生日自寿。起用弹指词句，并呈见阳

马齿加长矣，枉碌碌乾坤，问汝何事。浮名总如水。判尊前杯酒，一生长醉。残阳影里，问归鸿、归来也未。且随缘、去住无心，冷眼华亭鹤唳。

无寐。宿酲犹在，小玉来言，日高花睡。明月阑干，曾说与，应须记。是蛾眉便自、供人嫉妒，风雨飘残花蕊。叹光阴、老我无能，长歌而已。

雨霖铃·种柳

横塘如练。日迟帘幕，烟丝斜卷。却从何处移得，章台仿佛，乍舒娇眼。恰带一痕残照，锁黄昏庭院。断肠处又惹相思，碧雾蒙蒙度双燕。

回阑恰就轻阴转。背风花、不解春深浅薄。托根幸自天上，曾试把霓裳舞遍。百尺垂垂，早是酒醒莺语如翦。只休隔梦里红楼，望个人儿见。

疏影·芭蕉

湘帘卷处，甚离披翠影，绕檐遮住。小立吹裙，常伴春慵，掩映绣妆金缕。芳心一束浑难展，清泪裹、隔年愁聚。更夜深、细听空阶雨滴，梦回无据。

正是秋来寂寞，偏声声点点，助人离绪。缬被初寒，宿酒全醒，搅碎乱蛩双杵。西风落尽梧桐叶，还剩得、绿阴如许。想玉人、和露折来，曾写断肠诗句。

潇湘雨·送西溟归慈溪

（按此调谱律不载，疑亦自度曲）

长安一夜雨，便添了几分秋色。奈此际萧条，无端又听，渭城风笛。咫尺层城留不住，久相忘、到此偏相忆。依依白露丹枫，渐行渐远，天涯南北。

悽寂。黔娄当日事，总名士如何消得。只皂帽蹇驴，西风残照，倦游踪迹。廿载江南犹落拓，叹一人知己终难觅。君须爱酒能诗，鉴湖无恙，一蓑一笠。

风流子·秋郊射猎

平原草枯矣，重阳后，黄叶树骚骚。记玉勒青丝，落花时节，曾逢拾翠，忽忆吹箫。今来是、烧痕残碧尽，霜影乱红凋。秋水映空，寒烟如织，皂雕飞处，天惨云高。

人生须行乐，君知否。容易两鬓萧萧。自与东风作别，刬地无聊。算功名何许，等闲博得，短衣射虎，沽酒西郊。便向夕阳影里，倚马挥毫。

沁园春

试望阴山，黯然销魂，无言徘徊。见青峰几簇，去天才尺；黄沙一片，匝地无埃。碎叶城荒，拂云堆远，雕外寒烟惨不开。踟蹰久，忽冰崖转石，万壑惊雷。

穷边自足愁怀。又何必平生多恨哉？只凄凉绝塞，蛾眉遗冢；销沉腐草，骏骨空台。北转河流，南横斗柄，略点微霜鬓早衰。君不信，向西风回首，百事堪哀。

沁园春

丁巳重阳前三日，梦亡妇淡装素服，执手哽咽，语多不复能记。但临别有云："衔恨愿为天上月，年年犹得向郎圆。"妇素未工诗，不知何以得此也，觉后感赋长调。

瞬息浮生，薄命如斯，低徊怎忘。自那番摧折，无衫不泪；几年恩爱，有梦何妨。最苦啼鹃，频催别鹄，赢得更阑哭一场。遗容在，只灵飙一转，未许端详。

重寻碧落茫茫。料短发朝来定有霜。便人间天上，尘缘未断；春花秋叶，触绪堪伤。欲结绸缪，翻惊漂泊，两处鸳鸯各自凉。真无奈，把声声檐雨，谱入愁乡。

沁园春

梦冷蘅芜，却望姗姗，是耶非耶？怅兰膏渍粉，尚留犀合；金泥蹙绣，空掩蝉纱。影弱难持，缘深暂隔，只当离愁滞海涯。归来也，趁星前月底，魂在梨花。

鸾胶纵续琵琶。问可及当年萼绿华？但无端摧折，恶经风浪；不如零落，判委尘沙。最忆相看，娇讹道字，手翦银灯自泼茶。今已矣，便帐中重见，那似伊家。

金缕曲·赠梁汾

德也狂生耳。偶然间、淄尘京国，乌衣门第。有酒惟浇赵州土，谁会成生此意？不信道、竟逢知己。青眼高歌俱未老，向尊前、拭尽英雄泪。君不见，月如水。

共君此夜须沉醉。且由他、蛾眉谣诼，古今同忌。身世悠悠何足问，冷笑置之而已。寻思起、从头翻悔。一日心期千劫在，后身缘、恐结他生里。然诺重，君须记。

金缕曲·再赠梁汾，用秋水轩旧韵

酒涴青衫卷，尽从前、风流京兆，闲情未遣。江左知名今廿载，枯树泪痕休泫。摇落尽、玉蛾金茧。多少殷勤红叶句，御沟深、不似天河浅。空省识，画图展。

高才自古难通显。枉教他、堵墙落笔，凌云书扁。入洛游梁重到处，骇看村庄吠犬。独憔悴、斯人不免。衮衮门前题凤客，竟居然、润色朝家典。凭触忌，舌难翦。

金缕曲

生怕芳尊满。到更深、迷离醉影，残灯相伴。依旧回廊新月在，不定竹声撩乱。问愁与、春宵长短。燕子楼空弦索冷，任梨花、落尽无人管。谁领略，真真唤。

此情拟倩东风浣。奈吹来、余香病酒，旋添一半。惜别江淹消瘦了，怎耐轻寒轻暖。忆絮语、纵横茗碗。滴滴西窗红蜡泪，那时肠、早为而今断。任角枕，攲孤馆。

金缕曲

简梁汾，时方为吴汉槎作归计

洒尽无端泪，莫因他、琼楼寂寞，误来人世。信道痴儿多厚福，谁遣偏生明慧。就更著、浮名相累。仕宦何妨如断梗，只那将、声影供群吠。天欲问，且休矣。

情深我自拚憔悴。转丁宁、香怜易爇，玉怜轻碎。羡煞软红尘里客，一味醉生梦死。歌与哭、任猜何意。绝塞生还吴季子，算眼前、此外皆闲事。知我者，梁汾耳。

金缕曲·慰西溟

何事添凄咽？但由他、天公簸弄，莫教磨涅。失意每多如意少，终古几人称屈。须知道、福因才折。独卧藜床看北斗，背高城、玉笛吹成血。听谯鼓，二更彻。

丈夫未肯因人热，且乘闲、五湖料理，扁舟一叶。泪似秋霖挥不尽，洒向野田黄蝶。须不羡、承明班列。马迹车尘忙未了，任西风、吹冷长安月。又萧寺，花如雪。

金缕曲

姜西溟言别，赋此赠之

谁复留君住？叹人生、几翻离合，便成迟暮。最忆西窗同翦烛，却话家山夜雨。不道只、暂时相聚。衮衮长江萧萧木，送遥天、白雁哀鸣去。黄叶下，秋如许。

曰归因甚添愁绪。料强似、冷烟寒月，栖迟梵宇。一事伤心君落魄，两鬓飘萧未遇。有解忆、长安儿女。裘敝入门空太息，信古来、才命真相负。身世恨，共谁语？

金缕曲·寄梁汾

木落吴江矣。正萧条、西风南雁，碧云千里。落魄江湖还载酒，一种悲凉滋味。重回首、莫弹酸泪。不是天公教弃置，是才华、误却方城尉。飘泊处，谁相慰。

别来我亦伤孤寄。更那堪、冰霜摧折，壮怀都废。天远难穷劳望眼，欲上高楼还已。君莫恨、埋愁无地。秋雨秋花关塞冷，且殷勤、好作加餐计。人岂得，长无谓。

金缕曲·亡妇忌日有感

此恨何时已。滴空阶、寒更雨歇，葬花天气。三载悠悠魂梦杳，是梦久应醒矣。料也觉、人间无味。不及夜台尘土隔，冷清清、一片埋愁地。钗钿约，竟抛弃。

重泉若有双鱼寄。好知他、年来苦乐，与谁相倚。我自终宵成转侧，忍听湘弦重理。待结个、他生知己。还怕两人都薄命，再缘悭、剩月零风里。清泪尽，纸灰起。

金缕曲

未得长无谓。竟须将、银河亲挽，普天一洗。麟阁才教留粉本，大笑拂衣归矣。如斯者、古今能几。有限好春无限恨，没来由、短尽英雄气。暂觅个，柔乡避。

东君轻薄知何意。尽年年、愁红惨绿，添人憔悴。两鬓飘萧容易白，错把韶华虚费。便决计、疏狂休悔。但有玉人常照眼，向名花美酒拚沉醉。天下事，公等在。

摸鱼儿·午日雨眺

涨痕添、半篙柔绿，蒲稍荇叶无数。空濛台榭烟丝暗，白鸟衔鱼欲舞。桥外路，正一派、画船箫鼓中流住。呕哑柔橹，又早拂新荷，沿堤忽转，冲破翠钱雨。

蒹葭渚，不减潇湘深处。霏霏漠漠如雾。滴成一片鲛人泪，也似汨罗投赋。愁难谱，只彩线、香菰，脉脉成千古。伤心莫语，记那日旗亭，水嬉散尽，中酒阻风去。

摸鱼儿·送别座主德清蔡夫子

问人生、头白京国，算来何事消得。不知罨画清溪上，蓑笠扁舟一只。人不识，且笑煮鲈鱼趁著莼丝碧。无端酸鼻。向歧路销魂，征轮驿骑，断雁西风急。

英雄辈，事业东西南北。临风因甚成泣。酬知有愿频挥手，零雨凄其此日。休太息。须信道、诸公衮衮皆虚掷。年来踪迹。有多少雄心，几番恶梦，泪点霜华织。

青衫湿·悼亡

（按此调谱律不载，疑亦自度曲）

青衫湿遍，凭伊慰我，忍便相忘。半月前头扶病，剪刀声、犹共银釭。忆生来、小胆怯空房。到而今，独伴梨花影，冷冥冥、尽意凄凉。愿指魂兮识路，教寻梦也回廊。

咫尺玉钩斜路，一般消受，蔓草斜阳。判把长眠滴醒，和清泪、搅入椒浆。怕幽泉、还为我神伤。道书生薄命宜将息，再休耽、怨粉愁香。料得重圆密誓，难禁寸裂柔肠。

忆桃源慢

斜倚熏笼，隔帘寒彻，彻夜寒如水。离魂何处，一片月明千里。两地凄凉，多少恨，分付药炉烟细。近来情绪，非关病酒，如何拥鼻长如醉。转寻思不如睡也，看道夜深怎睡。

几年消息浮沉，把朱颜顿成憔悴。纸窗淅沥，寒到个人衾被。

篆字香消灯灺冷，不算凄凉滋味。加餐千万，寄声珍重，而今始会当时意。早催人一更更漏，残雪月华满地。

湘灵鼓瑟

（按此调谱律不载，疑亦自度曲。一本作翦梧桐）

新睡觉，听漏尽乌啼欲晓。屏侧坠钗扶不起，泪浥余香悄悄。任百种思量都来，拥枕薄衾颠倒。土木形骸，自甘憔悴，只平白占伊怀抱。看萧萧一翦梧桐，此日秋光应到。

若不是忧能伤人，怎青镜朱颜便老。慧业重来偏命薄，悔不梦中过了。忆少日清狂，花间马上，软风斜照。端的而今，误因疏起，却懊恼误人年少。料应他此际闲眠，一样百愁难扫。

大酺·赠梁汾

怎一炉烟，一窗月，断送朱颜如许。韶华犹在眼，怪无端吹上，几分尘土。手撚残枝，沉吟往事，浑似前生无据。鳞鸿凭谁寄，想天涯只影，凄风苦雨。便研损吴绫，啼沾蜀纸，有谁同赋。

当时不是错，好花月、合受天公妒。只索倩、春归燕子，说与从头，争教他、会人言语。万一离魂遇，偏梦被、冷香萦住。刚听得、城头鼓。相思何益，待把来生祝取。慧业相同一处。

纳兰词卷五

忆王孙

暗怜双绁郁金香，欲梦天涯思转长。几夜东风昨夜霜，减容光，莫为繁花又断肠。

忆王孙

刺桐花下是儿家，已拆秋千未采茶。睡起重寻好梦赊。忆交加。倚著闲窗数落花。

调笑令

明月，明月，曾照个人离别。玉壶红泪相偎，还似当年夜来。来夜，来夜，肯把清辉重借？

忆江南

江南好，建业旧长安。紫盖忽临双鹢渡，翠华争拥六龙看。雄丽却高寒。

忆江南

江南好，城阙尚嵯峨。故物陵前惟石马，遗踪陌上有铜驼。玉树夜深歌。

忆江南

江南好，怀古意谁传？燕子矶头红蓼月，乌衣巷口绿杨烟。风景忆当年。

忆江南

江南好，虎阜晚秋天。山水总归诗格秀，笙箫恰称语音圆。谁在木兰船。

忆江南

江南好，真个到梁溪。一幅云林高士画，数行泉石故人题。还似梦游非？

忆江南

江南好，水是二泉清。味永出山那得浊，名高有锡更谁争，何必让中泠。

忆江南

江南好，佳丽数维扬。自是琼花偏得月，那应金粉不兼香。谁与话清凉。

忆江南

江南好，铁瓮古南徐。立马江山千里目，射蛟风雨百灵趋。北顾更踌躇。

忆江南

江南好，一片妙高云。砚北峰峦米外史，屏间楼阁李将军，金碧矗斜曛。

忆江南

江南好，何处异京华？香散翠帘多在水，绿残红叶胜于花。无事避风沙。

忆江南

新来好，唱得虎头词。一片冷香惟有梦，十分清瘦更无诗。标格早梅知。

点绛唇·寄南海梁药亭

一帽征尘，留君不住从君去。片帆何处？南浦沉香雨。

回首风流，紫竹村边住。孤鸿语。三生定许，可是梁鸿侣。

浣溪沙

十里湖光载酒游，青帘低映白蘋洲。西风听彻采菱讴。

沙岸有时双袖拥，画船何处一竿收。归来无语晚妆楼。

浣溪沙

脂粉塘空遍绿苔，掠泥营垒燕相催。妒他飞去却飞回。

一骑近从梅里过，片帆遥自藕溪来。博山香烬未全灰。

浣溪沙·大觉寺

燕垒空梁画壁寒，诸天花雨散幽关。篆香清梵有无间。

蛱蝶乍从帘影度，樱桃半是鸟衔残。此时相对一忘言。

浣溪沙

抛却无端恨转长，慈云稽首返生香。妙莲花说试推详。

但是有情皆满愿，更从何处著思量。篆烟残烛并回肠。

浣溪沙·小兀喇

桦屋鱼衣柳作城，蛟龙鳞动浪花腥。飞扬应逐海东青。

犹记当年军垒迹，不知何处梵钟声。莫将兴废话分明。

浣溪沙·姜女祠

海色残阳影断霓，寒涛日夜女郎祠。翠钿尘网上蛛丝。

澄海楼高空极目，望夫石在且留题。六王如梦祖龙非。

菩萨蛮·回文

客中愁损催寒夕，夕寒催损愁中客。门掩月黄昏，昏黄月掩门。

翠衾孤拥醉，醉拥孤衾翠。醒莫更多情，情多更莫醒。

菩萨蛮·回文

研笺银粉残煤画，画煤残粉银笺研。清夜一灯明，明灯一夜清。

片花惊宿燕，燕宿惊花片。亲自梦归人，人归梦自亲。

菩萨蛮

飘蓬只逐惊飚转，行人过尽烟光远。立马认河流，茂陵风雨秋。

寂寥行殿锁，梵呗琉璃火。塞雁与宫鸦，山深日易斜。

采桑子

那能寂寞芳菲节，欲话生平。夜已三更。一阕悲歌泪暗零。

须知秋叶春花促，点鬓星星。遇酒须倾，莫问千秋万岁名。

采桑子·九日

深秋绝塞谁相忆，木叶萧萧。乡路迢迢。六曲屏山和梦遥。

佳时倍惜风光别，不为登高。只觉魂销。南雁归时更寂寥。

采桑子

海天谁放冰轮满，惆怅离情。莫说离情，但值良宵总泪零。

只应碧落重相见，那是今生。可奈今生，刚作愁时又忆卿。

采桑子

白衣裳凭朱阑立，凉月趖西。点鬓霜微，岁晏知君归不归？

残更目断传书雁，尺素还稀。一味相思，准拟相看似旧时。

清平乐

麝烟深漾，人拥缑笙氅。新恨暗随新月长，不辨眉尖心上。

六花斜扑疏帘，地衣红棉轻霑。记取暖香如梦，耐他一晌寒。

眼儿媚

林下闺房世罕俦，偕隐足风流。今来忍见，鹤孤华表，人远罗浮。

中年定不禁哀乐，其奈忆曾游。浣花微雨，采菱斜日，欲去还留。

眼儿媚·咏红姑娘

骚屑西风弄晚寒，翠袖倚阑干。霞绡裹处，樱唇微绽，靺鞨红殷。

故宫事往凭谁问？无恙是朱颜。玉墀争彩，玉钗争插，至正年间。

眼儿媚·中元夜有感

手写香台金字经，惟愿结来生。莲花漏转，杨枝露滴，相鉴微诚。

欲知奉倩神伤极，凭诉与秋檠。西风不管，一池萍水，几点荷灯。

满宫花

盼天涯，芳讯绝。莫是故情全歇。朦胧寒月影微黄，情更薄于寒月。

麝烟销，兰烬灭。多少怨眉愁睫。芙蓉莲子待分明，莫问暗中磨折。

少年游

算来好景只如斯，惟许有情知。寻常风月，等闲谈笑，称意即相宜。

十年青鸟音尘断，往事不胜思。一钩残照，半帘飞絮，总是恼人时。

浪淘沙·望海

蜃阙半模糊，踏浪惊呼。任将蠡测笑江湖。沐日光华还浴月，我欲乘桴。

钓得六鳌无？竿拂珊瑚。桑田清浅问麻姑。水气浮天天接水，那是蓬壶？

浪淘沙

双燕又飞还，好景阑珊。东风那惜小眉弯，芳草绿波吹不尽，只隔遥山。

花雨忆前番，粉泪偷弹。倚楼谁与话春闲？数到今朝三月二，梦见犹难。

鹧鸪天

谁道阴山行路难。风毛雨血万人欢。松梢露点沾鹰绁，芦叶溪深没马鞍。

依树歇，映林看。黄羊高宴簇金盘。萧萧一夕霜风紧，却拥貂裘怨早寒。

鹧鸪天

小构园林寂不哗，疏篱曲径仿山家。昼长吟罢风流子，忽听楸枰响碧纱。

添竹石，伴烟霞，拟凭尊酒慰年华。休嗟髀里今生肉，努力春来自种花。

南乡子

何处淬吴钩？一片城荒枕碧流。曾是当年龙战地，飕飕。塞草霜风满地秋。

霸业等闲休，跃马横戈总白头。莫把韶华轻换了，封侯。多少英雄只废丘。

鹊桥仙

月华如水，波纹似练，几簇澹烟衰柳。塞鸿一夜尽南飞，谁与问倚楼人瘦。

韵拈风絮，录成金石，不是舞裙歌袖。从前负尽扫眉才，又担阁镜囊重绣。

虞美人

绿阴帘外梧桐影，玉虎牵金井。怕听啼鴂出帘迟，恰到年年今日两相思。

凄凉满地红心草，此恨谁知道。待将幽忆寄新词，分付芭蕉风定月斜时。

茶瓶儿

杨花糁径樱桃落。绿阴下、晴波燕掠，好景成担阁。秋千背倚，风态宛如昨。

可惜春来总萧索。人瘦损、纸鸢风恶。多少芳笺约，青鸾去也，谁与劝孤酌。

临江仙

点滴芭蕉心欲碎，声声催忆当初。欲眠还展旧时书。鸳鸯小字，犹记手生疏。

倦眼乍低缃帙乱，重看一半模糊。幽窗冷雨一灯孤。料应情尽，还道有情无？

蝶恋花·散花楼送客

城上清笳城下杵。秋尽离人，此际心偏苦。刀尺又催天又暮，一声吹冷蒹葭浦。

把酒留君君不住。莫被寒云，遮断君行处。行宿黄茅山店路，夕阳村社迎神鼓。

金缕曲·再用秋水轩旧怨

疏影临书卷。带霜华、高高下下，粉脂都遣。别是幽情嫌妩媚，红烛啼痕休泫。趁皓月、光浮冰茧。恰与花神供写照，任泼来、澹墨无深浅。持素障，夜中展。

残钉掩过看逾显。相对处、芙蓉玉绽，鹤翎银扁。但得白衣时慰藉，一任浮云苍犬。尘土隔、软红偷免。帘幕西风人不寐，恁清光、肯惜鹴裘典。休便把，落英翦。

纳兰词补遗卷一

望江南·咏弦月

初八月，半镜上青霄。斜倚画阑娇不语，暗移梅影过红桥，裙带北风飘。

鹧鸪天·离恨

背立盈盈故作羞，手挼梅蕊打肩头。欲将离恨寻郎说，待得郎来恨却休。

云澹澹，水悠悠，一声横笛锁空楼。何时共泛春溪月，断岸垂杨一叶舟。

明月棹孤舟·海淀

一片亭亭空凝伫。趁西风霓裳偏舞。白鸟惊飞，菰蒲叶乱，断续浣纱人语。

丹碧驳残秋夜雨。风吹去采菱越女。辘轳声断，昏鸦欲起，多少博山情绪。

临江仙

昨夜个人曾有约，严城玉漏三更。一钩新月几疏星。夜阑犹未寝，人静鼠窥灯。

原是瞿唐风间阻，错教人恨无情。小阑干外寂无声。几回肠断处，风动护花铃。

望海潮·宝珠洞

汉陵风雨，寒烟衰草，江山满目兴亡。白日空山，夜深清呗，算来别是凄凉。往事最堪伤。想铜驼巷陌，金谷风光。几处离宫，至今童子牧牛羊。

荒沙一片茫茫。有桑乾一线，雪冷雕翔。一道炊烟，三分梦雨，忍看林表斜阳。归雁两三行。见乱云低水，铁骑荒冈。僧饭黄昏，松门凉月拂衣裳。

忆江南

江南忆，鸾辂此经过。一掬胭脂沉碧甃，四围亭碧幛红罗。消息暑风多。

忆江南

春去也，人在画楼东。芳草绿黏天一角，落花红沁水三弓。好景共谁同？

赤枣子

风淅淅，雨纤纤。难怪春愁细细添。记不分明疑是梦，梦来还隔一重帘。

玉连环影

才睡。愁压衾花碎。细数更筹，眼看银虫坠。梦难凭，讯难真。只是赚伊终日两眉颦。

如梦令

万帐穹庐人醉，星影摇摇欲坠。归梦隔狼河，又被河声搅碎。还睡，还睡，解道醒来无味。

天仙子

月落城乌啼未了，起来翻为无眠早。薄霜庭院怯生衣，心悄悄，红阑绕，此情待共谁人晓？

浣溪沙

锦样年华水样流，鲛珠迸落更难收。病余常是怯梳头。

一径绿云修竹怨，半窗红日落花愁。愔愔只是下帘钩。

忆江南

肯把离情容易看，要从容易见艰难。难抛往事一般般。
今夜灯前形共影，枕函虚置翠衾单。更无人与共春寒。

忆江南

已惯天涯莫浪愁，寒云衰草渐成秋。漫因睡起又登楼。
伴我萧萧惟代马，笑人寂寂有牵牛。劳人只合一生休。

采桑子·居庸关

巂周声里严关峙，匹马登登。乱踏黄尘，听报邮签第几程。
行人莫话前朝事，风雨诸陵。寂寞鱼灯，天寿山头冷月横。

清平乐·发汉儿村题壁

参横月落，客绪从谁托。望里家山云漠漠，似有红楼一角。
不如意事年年，消磨绝塞风烟。输与五陵公子，此时梦绕花前。

清平乐

角声哀咽，襆被驮残月。过去华年如电掣，禁得番番离别。
一鞭冲破黄埃，乱山影里徘徊。蓦忆去年今日，十三陵下归来。

清平乐

画屏无睡，雨点惊风碎。贪话零星兰焰坠，闲了半床红被。
生来柳絮飘零，便教咒也无灵。待问归期还未，已看双睫盈盈。

秋千索

锦帷初卷蝉云绕，却待要起来还早。不成薄睡倚香篝，一缕缕残烟袅。

绿阴满地红阑悄，更添与催归啼鸟。可怜春去又经时，只莫被人知了。

浪淘沙·秋思

霜讯下银塘，并作新凉。奈他青女忒轻狂。端正一枝荷叶盖，护了鸳鸯。

燕子要还乡，惜别雕梁。更无人处倚斜阳。还是薄情还是恨，仔细思量。

虞美人·秋夕信步

愁痕满地无人省，露湿琅玕影。闲阶小立倍荒凉。还剩旧时月色在潇湘。

薄情转是多情累，曲曲柔肠碎。红笺向壁字模糊，忆共灯前呵手为伊书。

补遗卷二

渔父

收却纶竿落照红，秋风宁为翦芙蓉。人淡淡，水蒙蒙，吹入芦花短笛中。

菩萨蛮·过张见阳山居赋赠

车尘马迹纷如织，羡君筑处真幽僻。柿叶一林红，萧萧四面风。

功名应看镜，明月秋河影。安得此山间，与君高卧闲。

南乡子·秋莫村居

红叶满寒溪，一路空山万木齐。试上小楼极目望，高低，一片烟笼十里陂。

吠犬杂鸣鸡，灯火荧荧归路迷。乍逐横山时近远，东西，家在寒林独掩扉。

雨中花

楼上疏烟楼下路，正招余、绿杨深处。奈卷地西风，惊回残梦，几点打窗雨。

夜深雁掠东檐去。赤憎是、断魂砧杵。算酌酒忘忧，梦阑酒醒，愁思知何许？

满江红

为曹子清题其先人所构楝亭，亭在金陵署中

籍甚平阳，羡奕叶、流传芳誉。君不见、山龙补兖，昔时兰署。饮罢石头城下水，移来燕子矶边树。倩一茎、黄楝作三槐，趋庭处。

延夕月，承晨露。看手泽，深余慕。更凤毛才思，登高能赋。入梦凭将图绘写，留题合遣纱笼护。正绿阴、青子盼乌衣，来非暮。

浣溪沙·郊游联句

出郭寻春春已阑（陈维崧），东风吹面不成寒（秦松龄），青村几曲到西山（严绳孙）。

并马未须愁路远（姜宸英），看花且莫放杯闲（朱彝尊），人生别易会常难（纳兰成德）。

纳兰容若书简

致张纯修二十九简

第一篇

前求镌图书，内有欲镌“藕渔”二字者。若已经镌就则已，倘尚未动笔，望改篆“草堂”二字。至嘱，至嘱！茅屋尚未营成，俟葺（葺）补已就，当竭诚邀驾作一日剧谈耳。但恨无佳茗共啜也。平子望致意。不宣。成德顿首。初四日。

“卿自见其朱门，贫道如游蓬户。”容兄因仆作此语，构此见招，有诗刻《饮水集》中。适睹此札，为之三叹！贞观。

第二篇

前来章甚佳，足称名手。然自愚观之，刀锋尚隐，未觉苍劲耳。但镌法自有家数，不可执一而论，造其极可也。日者竭力构求旧冻，以供平子之镌，尚未如愿。今将所有寿山几方，敢求渠篆之。石甚粗砺，且未磨就，并希细致之为感。叠承雅惠，谢何可言！特此，不备，十七日成德顿首。石共十方，其欲刻字样，具书于上。又拜。

第三简

德白: 比来未悟, 甚念。平子兄幸嘱其一二日内拨冗过我为祷。此启，不尽。初四日，德顿首。并欲携刀笔来，有数石可镌也。如何?

第四简

正因数日不见，怀想甚切，不道驾在津门也。海上风烟，想大可观，有新作，归来既望示我。来笺甚佳，乞惠我少许。尊使还，草此奉复。不尽，不尽。十月五日。成德顿首。

第五简

前托潘公一事, 乞命使促之。夜来微雨西风, 亦春来头一次光景。今朝霁色，亦复可爱。恨无好句以酬之，奈何，奈何！平子竟不来，是何意思？成德顿首。

第六简

前正以风甚不得相过为憾，值此好风日，明早准拟同诸兄并骑而来。奈又属入直之期，万不得脱身。中心向往，不可言喻。另日奉屈过小圃，快晤终日，以续此缘，何如？见阳道兄。成德顿首。

第七简

连日未晤，念甚。黄子久手卷借来一看，诸不一。期小弟成德顿首。

第八简

日暑望即付来手，诸容另布，不一。期弟成德顿首。见阳道长兄。

第九简

日晷不值，望以前所见者赐下，否则俱不必耳，恃在道义相照，故如是贪鄙也。平子已托六公，如何竟有舛谬？俟再订之。诸不悉。成德顿首。

第十简

一二日间，可能过我？张子由画三弟像，望转索付来手。诸子及悉，特此。成德顿首。七月四日。

第十一简

素公小照奉到，幸简入之。诸容再布，不尽。成德顿首。七月十一日。

第十二简

天津之行，可能果否？斗科望速抄出见示。聚红杯乞付来手。三令弟小照亦望检发，至感，至感！特此，不一。成德顿首。

第十三简

令弟小照可谓逼肖，然妆点未免少俗耳。吾哥似少不象，而秋水红叶，可无遗憾也。一两日可能过我？特此，不尽。成德顿首。

第十四简

姚老师已来都门矣，吾哥何不于日斜过我。不尽。成德顿首。三月既日。

第十五简

两日体中大安否？弟于昨日忽患头痛，喉肿。今日略差，尚未痊愈也。道兄体中大愸，或与一二日内过荒斋一谈，何如，何如？特此，不一。成德顿首，更有一要语，为老师事，欲商酌。又拜。

第十六简

花马病尚未愈，恐食言，昨故令带去。明早家大人扈驾往西山，他马不能应命，或竟骑去亦可。文书已悉，不易。成德顿首。

第十七简

来物甚佳，渠索价几何？欲倾囊易也。弟另觅鳅角，尚欲转烦茂公等再为之，未审如何？先此覆，不尽，不尽。初四日。成德顿首。

第十八简

箭决二，谨遣力驰上。其物甚鄙，祈并存之为感！所言书幸于明朝即令纪纲往取。晤期俟再订。不尽。弟成德顿首。见阳道兄足下。

第十九简

箭决原付小力奉上，因早间偶失检察，竟致空手往还，可笑甚矣。今特命役驰到，幸并存之。书祈于明后日即取至，则感高爱于无量也。晤期再报。不一。成德顿首。见阳道兄足下。

第二十简

倪迂《溪山亭子》乃借耿都尉者，顷已送还，俟翌日再借奉鉴耳。四画若得司农慨然发览，当邀驾过其赏也。率覆，不一。弟德顿首。

第二十一简

周、伊二人昨竟不来，不知何意？先生幸促之。诸容面悉，不尽。成德顿首。见阳足下。

第二十二简

久未晤面，怀念甚切也，想已返辔津门矣。奚汇升可令其于一二日间过弟处，感甚，感甚！海色烟波，宁无新作？并望教我。十月十八日。成德顿首。

第二十三简

厅联书上，甚愧不堪。昨竟大饱而归，又承吾哥不以贵游相待，而以朋友待之，真不啻即饱以德也。谢谢！此真知我者也。当图一知己之报于吾哥之前，然不得以寻常酬答目之。一人知己，可以无恨，余与张子，有同心矣。此启，不一。成德顿首。十二月岁除前二日。因无大图章，竟不曾用。

第二十四简

明晨欲过尊斋，同往慈仁送下，未审尊意如何？特此，不易。成德顿首。

第二十五简

倚斜一径入，门向夕阳边。何必堪娱赏，凋零自可怜。松寒疑有雪，僧老不知年。只合千峰上，长吟看月圆。《戒坛》。

第二十六简

亡妇柩决于十二日行矣，生死殊途，一别如雨。此后但以浊酒浇坟土，洒酸泪，以当一面耳。嗟夫，悲矣！澹庵画册附去。宋人小说明晨望送来。成德顿首。

第二十七简

比日未奉教诲，何任思慕。前所云表贴张庆美，幸致其过荒斋。奚汇升以遣其过我。秋色满阶，忽有讯雷，斯亦奇也，不知司天者亦有占验否？此上。不尽，不尽。九月十三日，成德顿首。《从友人乞秋葵种》一绝呈教：空庭脉脉夕阳斜，浊酒盈樽对晚鸦。添取一般秋意味，墙阴小种断肠花。

第二十八简

成德曰：渌水一樽，黯然言别，渐行渐远，执手何期？心逐去帆，与江流俱转，谅知己同此眷切也。衡阳无雁，音问久疏。忽捧长笺，正如身过临邛，与我古人琴酒相对。乡心旅况，备极凄其，人生有情，能不惆怅。念古来名士多以百里起家者，愿足下勿薄一官，他日循吏传中，籍君姓名，增我光宠。种种自当留意，乃劳谆嘱耶？鄙性爱闻，近苦鹿鹿，东华软红尘，只应埋没慧男子锦心绣肠，仆本疏慵，那能堪比。家大人一下，仗庇安和，承念并谢。沅湘以南，古称清绝，美人香草，犹有存焉者乎？长短句固骚之苗裔也，暇日当制小词奉寄，烦乎三闾弟子，为成生荐一瓣香，甚幸。邮便率勒，不尽依驰。成德顿首。

第二十九简

四月二十一日成德白：朝来坐渌水亭，风花乱飞，烟柳如织，则正年时把酒分襟之处也。人生几何，堪此离别？湖南草绿，凄咽同之矣。改岁以还，想风土渐宜，起居安适。惟是地方兵燹之后，兴除利弊，动费贤令一番精神。古人有践历华要，犹恨不为亲民官，得展期志愿者。勉旃，勉旃，勿谓枳棘非鸾凤所栖也。蕞尔荒残，料无脂腻可点清白。但一从世俗起见，则进去既急，逢迎必工，百炼钢自化为绕指柔。我辈相期，定不在是。兄之自爱，深于弟之爱兄，更无足为兄虑者。至长安中，烟海浩浩，九衢昼昏，元规尘污，非便面可却。以弟视之，正复支公所云：“卿自见其朱门，贫道如游蓬户”耳。诗酒琴人，例多薄命，非为旷达，妄拟高流。顷蒙远存，聊悉鄙念。来扇并粗箑写寄，笔墨芜率，不足置怀袖间。穆如之清，藉此奉扬。楚云燕树，宛然披拂，或暂忘其侧身沾臆也。努力珍重！书不仅言。成德顿首。

致顾贞观一简

望前附一缄于章藩处，计应彻览。弟比日与汉槎共读《萧选》，颇娱岑寂，只以不对野王为怊怅耳。黄处捐纳事，望立促以竣，不可以泄泄委之也。顷闻峰泖之间，颇饶佳丽，吾哥能泛舟一往乎？前字所言半塘、魏叟两处如何，倘有便邮，即以一缄相及。杪夏新秋，准期握手。又闻秦川沈姓有女颇佳，亦望吾哥略为留意。愿言缕缕，嗣之再邮。不尽。鹅梨顿首。

致严绳孙五简

第一简

成德白。前有一字，托郑谷口寄去，想先后可达台览，种种非片言可尽。未审起居如何？家严病已渐差，辱吾哥垂虑，敢并附闻。弟今于闲中留心《老子》，颇得一二人开悟，未敢云有得也。马云翎不及另字，幸道思念之意。别后光阴，不觉已四越月，重来之约，应成空谈。明年四月十七，算吾咏“正是去年今日别君时”也。吴伯老不专启，幸道意。赵声伯若进谒时，并往周旋之。不尽。八月六日，成德顿首。

第二简

中秋后曾于大恩僧舍以一函相寄，想已入览矣。弟秋深始归，日值驷苑，每街鼓动后，才得就邸。曩者文酒为欢之事，今只堪梦想耳。兹于二十八日又扈东封之驾，锦帆南下，尚未知道天涯何处，如何言归期邪！汉兄病甚焉，未知尚得一见否？言之涕下。弟比来从事鞍马间，益觉疲顿，发已种种，而执殳如昔，壮志，都已隳尽。昔人言，身后名不如生前一杯酒，此言大是。弟是以甚慕魏公子之饮醇酒、近妇人也。行前得吾哥手书，知游况不佳，甚为悬念，然人之常情，毋足深讶。东巡返驾，计吾哥已到都亭，当为弹指画谋生之计。古人谓好官不过多得金耳，吾哥但得为饱暖闲人，又何必付前宦情邪？吾哥所识天海风涛之人，未审可以晤对否？弟胸中块磊，非酒可浇，庶几得慧心人以晤言消之而已。沦落之余，久欲葬身柔乡，不知得如鄙人之愿否耳。乘舆南往，恐难北上，如尚未发棹，须由中州从路。以岁前为期，便当别置帷房，以炉茗相待也。此札到日，速以答书见寄，必附章藩乃能速达。九月二十七日午刻，饮水弟顿首白。

第三简

成德顿首。前有一函托汤商人寄去，想入览矣。近况已略悉前柬，兹不复具。惟乞吾哥于八月间到都，以慰我愁思也。华山僧鉴乞转达鄙意，求其北来为感。留仙事今已大妥，不必为念，特此附闻。余情缕缕，不宜。七月二十一日，成德白。

第四篇

十二月十五日成德白：荪友长兄足下，慕大哥去，曾附一信，想已入览矣。闻已自浙中来，家囊橐不知如何？息影之计可能遂否？前有新词四十余阙附去，未审得细加删定否？华封在都，相得甚欢，一旦忽欲南去，令人几日心闷。数年之间，何多离别！订在明年八月间来都，若吾哥明春北来则已，否则秋间即促其发轫，以吾哥之大慧也。前吾哥在浙时，江烟湖鸟，景物自佳，但恐如白香山所云“诚知老去风情少，见此争无一句诗”耳。江南风景如何？伯老身后事已嘱料理，想不有误。新令韩君，觅人转致。邳仙尚留滞京中，颇见不妥。留仙亦一淹蹇人也。有新诗即寄我。二郎读书如何，并示为慰。家大人皆无恙。几年以来，吾哥意中人想俱已衰丑零落，亦大凄凉也。呵呵。阔怀如缕，捉管顿不能言，奈何，奈何。诸惟鉴，不尽。成德顿首。

第五篇

分袂三日，顿如十载。每思清夜酒阑，残星凉月，相对言志，不禁泣下。前者因行李匆遽，为得把臂一送，深为歉仄。驰恋之心，想彼此同之也。至叮嘱之言，以吾兄高明人，故不敢琐琐。然此种愁肠，正不知有几千结也。稍俟绿肥红瘦，即幸北来，万勿以寻旧约，作当日轻薄态，留滞时日，以负弟望也。至恳，至恳。慕鹤老处嘱其照拂，留老相会时希致意。诸草草不一。成德顿首。左至。正月二十日。

致阙名一简

成德白：不见忽已二十余日，重城间隔，趋侍每难。日夕读《左氏》《离骚》，余但焚香静坐。新法如麻，总付不闻，排遣之法，推此为上。来言尽悉，俟面布。再宣。初三日，成德顿首。谨状。伏惟鉴察。

致颜光敏一简

成德谨禀太夫子台下：前接手谕，因悉起居佳胜，翘首南天，益增怅望。悠悠梦想，愿飞无翼，种种并志之矣。使旋，布候不宣。成德顿首。

参考书目及文献、资料

《清初学人第一——纳兰性德研究》，刘德鸿著，中国社会科学出版社 1997 年版。

《纳兰词笺注》，张草纫笺注，上海古籍出版社 2017 年版。

《一生最爱纳兰词大全集》，聂小晴、王鹏、王青主编，中国华侨出版社 2010 年版。

《满族第一词人纳兰性德全传》，张钧著，长春出版社 1997 年版。

《纳兰容若词传》，白落梅著，云南人民出版社 2013 年版。

《纳兰容若》，泉凌波著，中国画报出版社 2011 年版。

《一闪灯花堕》，西岭雪著，译林出版社 2011 年版。

《康熙：重构一位中国皇帝的内心世界》，史景迁著，广西师范大学出版社 2011 年版。

《曹寅与康熙：一个皇帝宠臣的生涯揭秘》，史景迁著，广西师范大学出版社 2014 年版。

《大清王朝十三位掌权人之谜》，正罡编著，现代出版社

2008 年版。

《红楼梦》 曹雪芹、高鹗著，中华书局 2005 年版。